Burkhard Thom

Best of ISSN´ RÜDE

… und andere Geschichten*

25 Kurzgeschichten für einen guten Zweck

AAVAA
VERLAG

1. Auflage 2016

Umschlaggestaltung: AAVAA Verlag
Coverbild und Gestaltung: Horst Knoblich
Lektorat: Klarissa Klein; Herta Hofius Sartour

Printed in Germany

Taschenbuch: ISBN 978-3-8459-2172-3
Großdruck: ISBN 978-3-8459-2173-0
eBook epub: ISBN 978-3-8459-2174-7
eBook PDF: ISBN 978-3-8459-2175-4
Sonderdruck Mini-Buch ohne ISBN

AAVAA Verlag, Hohen Neuendorf, bei Berlin
www.aavaa-verlag.com

Der Hund ist das einzige Wesen auf Erden, das Dich mehr liebt, als sich selbst.

(Josh Billings 1818 – 1885)

25 Kurzgeschichten als Zeitvertreib, Pausenfüller oder einfach mal für „Zwischendurch“.
Eine bunte Sammlung von Geschichten, Anekdoten und Erlebnissen, die Spaß, Freude und Unterhaltung bieten soll, verfasst von 19 Autoren, die sich in den Dienst der guten Sache stellten.
Danke den Autoren für die gute Zusammenarbeit!

Burkhard Thom

ISS'N RUEDE – Das Buch
Geschichten und Kolumnen

Wenn ich unser heutiges, oft sehr stressiges Leben betrachte, dann leiden Menschen häufig an Kontaktarmut, finden keinen Partner oder sind zu introvertiert, um andere Menschen kennenzulernen. Immer wenn ich in Gesprächen mit Betroffenen auf dieses Thema komme, habe ich den Eindruck, dass die Lösung für dieses Problem in der Anschaffung eines Hundes liegen könnte. Mit einem Hund an der Leine findest du sofort Anschluss, führst die tollsten Gespräche und je nach Rasse, bist du der *King*.

Menschen mit einem Hund an der Leine kommen leichter ins Gespräch; jeder kennt tolle Geschichten und hat besondere Erlebnisse.

Eine der beliebtesten Rubriken bei „Iss'n Ruede", einem der größten und erfolgreichsten Hundemagazine im Internet, sind *Hundegeschichten* und *Hundekolumne*. Das Spektrum der Ereignisse und Erfahrungen mit den Vierbeinern reicht von den tieftraurigen Kulleraugen über spannende Erlebnisse mit unseren treuen Freunden, bis hin zu absoluten Lacherfolgen, die aus einer Comedy stammen könnten.

Dabei kommt der hyperaktive Jack Russel genauso zu Wort wie der schwimmfreudige Retriever und der trottelige Basset.

Schon nach den ersten Kapiteln wird der interessierte Leser sich selbst, seinen Hund oder Erlebnisse mit anderen Hunden wiederfinden. Hierbei reichen die Erlebnisse vom ersten Besuch im Welpenzwinger hin bis zum ersten Tierarztbesuch und von den verschiedenen Gassigängen bis hin zum Gang über die Regenbogenbrücke.
Diese Sammlung von Geschichten, Anekdoten und Erlebnissen spiegelt die Seele der Besitzer wieder. Sie wurden von Herzen und voller Spontanität geschrieben. Nicht immer in literarischer Reinheit, aber mit der vollen Kraft der Überzeugung und großer Freude.
Viel Spaß bei der Lektüre und wir sind gespannt auf Ihre Rückmeldungen unter buch@issnruede.de!

Inhalt:

Im Laufe eines Hundelebens passen sich die Äußerlichkeiten von Hund und Herrchen an. Oft hat das Hundeherrchen eine wilde Lockenpracht und der Pudel sieht ähnlich aus. Ob Falten oder krumme Beine, trauriger Blick oder fröhlicher „Springinsfeld“, irgendwie passt der Hund immer zu seinem Besitzer. Ganz gleich wie die spätere Anpassung aussieht, zunächst steht die Auswahl des Hundes im Vordergrund und natürlich gehört dazu auch der Besuch im Welpenwohnzimmer des Züchters.

Das Wunschkind

(Text: Jasmin Sachse)

Für mich stand immer fest: Eines Tages habe ich einen eigenen Hund. Ich hatte das Glück, meine Kindheit mit einem Golden Retriever zu verbringen, einer liebevollen, sehr gutmütigen Familienhündin, die all meine Einfälle, von Zöpfchen flechten bis zu Barbies auf dem Rücken tragen, geduldig ertragen hatte.

Tjaka, so war ihr Name, lebte schon lange nicht mehr, als sich mein Wunsch nach einem eigenen Fellknäuel verwirklichen sollte. Mein Partner hatte nichts gegen einen Hund, nur sollte es bitte kein *Tussihund* sein.

Mit anderen Worten: Alles, wo man ein Schleifchen anbringen kann, ist ein *Tussihund*. Lieber einen Rottweiler oder Dobermann, die als Muskelpakete vor lauter Maskulinität nur so strotzen. Obwohl ich nichts gegen diese Rassen an sich habe, weigerte ich mich an dieser Stelle.

Ein Rottweiler in einer Stadtwohnung?

Immerhin hatten wir bereits eine Katze. Also doch etwas Kleineres, wo man aber ganz bestimmt keine Schleife anheften konnte. So dauerte es nicht lange, bis wir auf den Dackel kamen, klein genug für ein Leben in der Stadt, aber ein Hund, der als Jagdhund auch sportlich und sehr intelligent ist. Damit auch wirklich kein Schleifchen hängen bleiben konnte, entschieden wir uns für die Kurzhaarvariante. Doch die Suche nach unserem Traumdackel dauerte lange, bis wir einen Züchter entdeckten, der einen Wurf *Kaninchendackel* hatte. Kaninchendackel sind etwas kleiner als die üblichen Dackel, während die Großen bis zu zehn Kilogramm schwer werden können, bringen diese Minidackel nur vier Kilo auf die Waage. Von diesen Miniwelpen fasziniert, saßen wir schließlich im Auto auf dem Weg zum Züchter. «Wir gucken nur erst mal», verkündete ich meinem Partner. «Wir nehmen nicht gleich den ersten Hund, sondern überlegen uns gut, welche Wahl wir treffen. Wir werden uns heute nicht gleich für einen Welpen entscheiden.» (Im Nachhinein war das ziemlich naiv.)

Der Züchter war ein ruhiger Mensch, der uns zu seinen kleinen Schätzen führte. Er hatte mir bereits viele Fragen gestellt, wie wir uns das Leben mit dem Dackel vorstellten, was wir ihm bieten konnten und mit ihm vorhatten. Es war ein wenig wie bei einem Bewerbungsgespräch, aber zumindest zeigte es mir, dass er auch ein Auge darauf hatte, wo seine Babys landeten.

Die Hundekinder lagen als ein einziger großer Kuschelhaufen zusammen in einem Welpenauslauf. Neben den kleinen Kaninchendackeln hatte der Züchter auch noch einen zehn Tage jüngeren Wurf mit normalgroßen Standarddackeln, die ebenfalls aneinander gekuschelt schliefen. Während ich noch wie erstarrt in Anbetracht all dieser Niedlichkeit war, drückte mir der Züchter *Lucy* in den Arm, von der ich damals noch nicht wusste, dass sie Lucy heißen würde. Wir hatten bereits mit ihm abgesprochen, dass wir eine Hündin suchten und in diesem Wurf war sie das einzige Mädchen, das noch nicht reserviert war. Wahrscheinlich lag es daran, dass ihre Fellzeichnung als rot gestromter Dackel nicht sehr intensiv war, im Vergleich zu den anderen Dackelkindern. Als ich sie jedoch ansah, sah ich nur einen Welpen, der perfekt war.

Ihre großen Augen schauten besorgt, weil sie so hoch über dem Boden schwebte und sie passte genau in meine beiden Hände. Eine Hand voll Hund.

Ein Welpe in Rouladengröße. Eine winzig kleine rosa Zunge begann, meine Hand abzulecken. Mein Freund wusste wahrscheinlich schon eher als ich, dass ich verliebt war.

Jede Woche klebte ich zu einer bestimmten Zeit am Monitor meines Computers, denn der Züchter stellte jede Woche neue Welpenfotos online und schrieb einen kurzen Bericht über die Entwicklung der kleinen Rasselbande.

Lucy hatte zur Erkennung ein rotes Halsband bekommen, so winzig, dass es für mich wohl gerade noch als Armband gepasst hätte. Triumphierend zeigte ich nun auf jeden noch so winzigen Zipfel meines Hundes, den ich erspähen konnte. «Hah! Das da ist Lucys Ohr! Da ist ein bisschen was vom Halsband zu erkennen!» Mein Partner war nicht weniger entzückt als ich, jedoch blieb er auch lange bei den Bildern eines anderen Welpen kleben: Ein Rüde aus dem zweiten Wurf, der kleine Babyspeckringe um die Beine hatte. «Guck mal, der ist auch süß», hörte ich oft. Der kleine Kerl war süß, allerdings …

Er war von allen Welpen der Kräftigste und vielleicht hatte ihn der Züchter deswegen Bud genannt. Bud hatte einen sehr schelmischen Blick und war wohl ein kleiner Rabauke. Mit seiner schwarz-roten Fellfarbe sah er aus, wie ein Rottweiler, der beim Waschen eingelaufen war.

«Also die Tierärztin meinte auch, zwei Hunde wären viel besser, wenn sie mal alleine zuhause bleiben müssen.»

«Ein Spielgefährte wäre ja schon ganz schön.»

«In so eine große Wohnung passen locker auch zwei Dackel.»

«So viel mehr Arbeit ist es eigentlich auch nicht, wenn man schon einen hat.» Mein Freund war auch verliebt. Wir fuhren gerade im Auto, da bat er mich plötzlich: «Ruf den Züchter an! Frag mal wegen dem Bud.»

An dieser Stelle gibt es etwas, auf das ich nicht sehr stolz bin. Ich bin echt schlecht im Telefonieren. Ich hasse Telefonieren. Jedes Mal endet es damit, dass ich drei Zeitungsabos, einen neuen Handyvertrag und einen Termin mit den Zeugen Jehovas habe.

Deswegen weigerte ich mich. «Du weißt genau, ich versau es», erinnerte ich meinen Freund, «Du weißt, ich kann nicht telefonieren.» Trotzdem drängte mich mein Partner weiter, schließlich müsse er ja gerade fahren und später anrufen, wollte er auch nicht.

Vielleicht war ihm bewusst, was geschehen würde. Höchstwahrscheinlich war es das.

Ich hatte nun jedenfalls meinen Züchter am Telefon. «Ist der Bud noch da?» «Ja.» «Wie viel kostet der?» Er nannte eine Zahl, ich teilte die Zahl meinem Freund mit. Mein Freund nickte. «Aha. Ja. Versteht der sich mit der Lucy?» «Der versteht sich mit allen.» «Okay. Wir nehmen ihn.» Und so kamen wir zu unserem zweiten Hund. Viele, okay, eigentlich alle, erklärten mich für wahnsinnig. «Zwei Welpen? Bist du irre?», fragte mich eine Kommilitonin entgeistert. »Zwei Hunde im selben Alter zu erziehen, ist sehr schwierig. Sie bringen sich jeden Unsinn gegenseitig bei», warnten Freunde. «Einen Rüden und eine Hündin? Das geht niemals gut, die müsst ihr sofort kastrieren lassen!»

Nun. Es war viel Arbeit, doch bereut haben wir es nie.

Bud stellte sich als sehr schneller Lerner heraus, der fast sofort begriff, was ich von ihm wollte. (Ob er Lust hatte, das Gelernte auch auszuführen, ist eine andere Frage.) Er war ein sehr frecher kleiner Welpe, der sich vor nichts fürchtete und alles erkunden wollte, gleichzeitig ist er bis heute eine anhängliche Schmusebacke.

Lucy ist nach wie vor eher schüchtern gegenüber Fremden, kuschelt aber genauso gern. Sie verstand nicht ganz so schnell, lernte aber durchs Zugucken bei Bud. Unsinn konnte Buddy auch prima machen, die Liste seiner Schandtaten ist bestimmt genauso lang wie meine, als ich ein Kind war. Doch brachte er mich durch seine Art auch immer wieder zum Lachen. Aus beiden Welpen sind zwei große Hunde beziehungsweise ein großer und ein kleiner Hund geworden und wir würden keinen der beiden je wieder hergeben wollen. Und an Lucy habe ich übrigens letztens ein Schleifchen gemacht. Sie sah damit wirklich süß aus, fand auch mein Freund.

Die Auswahl beim Züchter ist eine Möglichkeit, immer häufiger kommen Hunde aber auch aus Pflegestationen oder „dem Tierschutz". Nach der Auswahl und der Abholung folgt die Fahrt ins „neue Zuhause". Was alle Beteiligten dabei denken und fühlen, lässt sich nur schwer beschreiben. Ist der neue Mitbewohner aber erst einmal „angekommen", verblassen die negativen Erinnerungen und nur die schönen Erlebnisse bleiben.

The very first beginning

(Text & Bilder Antonietta Matteo)

3. Dezember: Hund anschauen fahren!

Wir fahren zur Pflegestelle der Tierschutzorganisation, bei der Paolo untergebracht ist. Viele Fellnasen, große und kleine – Hund und Katz, begrüßen uns dort.

Paolo liegt ganz still auf dem Hundebett und schaut uns aus großen Augen an. Ein paar Minuten später kann ich mich zu ihm setzen und nach einer kleinen Weile entspannt er sich etwas und lehnt sich leicht an mich. Vor uns wuselt ein Welpe herum, zwei weitere Hunde verstecken sich unter der Bank. Die Katzen streichen um unsere Beine. Die Wahl fällt nicht allzu schwer.

Wir sind uns jetzt schon sicher, dass wir ihn als neues Mitglied unserer Familie begrüßen wollen. Doch eine Nacht drüber schlafen schadet ja nicht.

4. Dezember: Einkäufe!

Wir haben uns definitiv für Paolo entschieden, lange nachdenken war irgendwie nicht mehr nötig. Ich vereinbare also einen Termin für die Abholung.

Später fahren wir ins Tiergeschäft, um eine Erstausstattung - Körbchen, Leine, Halsband, Futter, bisschen Spielzeug, Decke ... für unser zukünftiges Familienmitglied zu besorgen.

6. Dezember: morgens, 09:30 Uhr. On the road ...

Wir machen uns auf den Weg, um Paolo abzuholen.

Wir sind einigermaßen aufgeregt und freuen uns schon sehr. Die Fahrt dauert nur ca. 20 Minuten und schon sind wir da.

Alles geht recht schnell und wir haben den Kleinen bald im Auto, ich sitze mit ihm hinten auf dem Rücksitz und halte ihn.

Ein Halsband hat er schon an. Leine haben wir dabei. Sicherlich versteht er gar nicht, was da nun schon wieder mit ihm passiert.

Vor einer Woche erst ist er aus Spanien nach Deutschland verfrachtet worden und jetzt muss er schon wieder woanders hin.

Alles ist neu und verunsichert ihn sehr. Doch das Autofahren scheint ihm durchaus zu gefallen, er sieht immer wieder aus dem Fenster.

Und dann machen wir einen echt blöden Fehler. Mein Mann möchte mit ihm noch kurz auf die Wiese bevor wir nachhause fahren. Manchmal fragt man sich echt, wie dämlich man eigentlich sein kann. Aber wir haben einfach nicht damit gerechnet. Womit? Das will ich mal erzählen:

Wir steigen also aus, wollen mit ihm ein paar Schritte gehen. Wer denkt denn, dass der Hund nur auf Flucht gepolt ist?

Er hängt in der Leine, dass es nun wirklich keine Freude macht und dann kommt uns noch eine Frau mit Kinderwagen entgegen. Na und was meint ihr?

Tja, ein Hund, der erst mal vor allem Angst hat, findet sowas natürlich gar nicht gut.

Und er schafft es doch tatsächlich, sich aus dem Halsband zu winden. Und rennt … und rennt … einen Bogen auf die Straße und ab in das kleine, dornenbewehrte Waldstück neben dem Parkplatz.

Ich dachte, ich flipp gleich aus, mein Herz bleibt stehen, Schnappatmung, alles gleichzeitig. Am liebsten hätte ich geschrien, geflucht, mich auf den Boden geworfen.

Was tun, heimlaufen, Leckerchen holen? Dableiben? Rufen? Hinterhergehen? Was davon zuerst? Heimlaufen und Leckerchen holen geht nicht, wir können den Hund nicht allein da lassen und einer von uns allein schafft es nicht, ihn im Auge zu behalten.

Also was nun?

Die Seite zur Straße hin absichern. Zur Seite von Gehweg und Straße geht mein Mann hin. Auf der Parkplatzseite stehe ich. Warten, schauen, rufen. Sobald er einen von uns sieht, zieht er sich wieder zurück. Ich gehe dann ein Stück rein in das Unterholz, um zu sehen, ob ich ihn finde, doch sobald er mich sieht, verzieht sich noch weiter rein. Rüber zu meinem Mann kann ich ihn nicht treiben, da ist die Straße. Also wieder raus. Weiter warten, versuchen, ihn zu locken. Da parkt jemand direkt neben mir und steigt mit dem Hund aus dem Auto. Also spreche ich ihn an, ob er vielleicht Leckerlis hat und mir ein paar geben könnte. Die Verzweiflung sieht man mir wohl an und er gibt mir netterweise ein paar Hundekekse. Ich also wieder rein ins Unterholz, schleiche mich langsam vorwärts, suche den Hund und ja, da vorne kauert er. Mittlerweile völlig geschafft hockt er da. Ich nähere mich langsam, Schrittchen für Schrittchen, knie mich hin, in seine Nähe und rede die ganze Zeit leise auf ihn ein. Als ich nah genug bin, halte ich ihm die offene Hand mit den Leckerchen hin. Ganz langsam streckt er mir den Kopf entgegen und nimmt ein Leckerli. Da greife ich zu und trage ihn durch Unterholz und Dornengestrüpp raus auf den Parkplatz. Und rein ins Auto. Geschafft! Gefühlt waren wir Stunden da, in Echtzeit nur ca. 20 Minuten. Ganze Berge fallen mir vom Herzen. Wir sind völlig fertig, alle drei.

Danach ab nachhause und so schnell wie möglich rein ins Haus. Schnurstracks saust er ins Wohnzimmer unter die Bank und bewegt sich dort erst einmal nicht mehr weg.

Das Körbchen steht am Ende der Bank bzw. des Tisches und ich setze mich einfach rein. Und warte … und sitze … er schaut, schläft ein, wacht wieder auf … und ich warte … und sitze … bewege mich nicht weg.

Irgendwann kommen zumindest mal eine Pfote in meine Nähe und dann der Kopf.

Und ein - zwei Stunden später, liegt er neben mir in seinem Körbchen und schläft.

Puh, das nächste Mal sind wir wohl schlauer, was?

Nicht immer sucht man sich seinen Hund bewusst aus, nicht immer kommt der Hund direkt vom Züchter. Inzwischen ist bekannt, dass Hunde „auf Vorrat“ gezüchtet werden und allein kommerziellen Zwecken zum Opfer fallen. Alle großen Tierschutzorganisationen warnen davor auf Märkten zu kaufen, ganz bekannt dafür ist der Markt in Lüttich. Hunde in kleinsten Käfigen präsentiert rühren das Herz und veranlassen die Besucher zu schnellen Käufen. Die Geschichte von Steffi Goldkuhle handelt von einem solchen Markt, aber es ist „Verdammt lang her“.

Mein SEELENHUND

(Text & Bild Steffi Goldkuhle)

Als ich vor über zwanzig Jahren (oh Gott, so lange schon? Ich sehe es vor mir wie gestern) den Mac bekommen habe, war er höchstens vier Wochen alt. Gekauft haben wir ihn in Antwerpen, sonntags auf dem berühmten Markt. Ja ich weiß, das ist falsch, das sind alles *Vermehrer*. Aber wie ich schon sagte, es ist über zwanzig Jahre her, und damals war das Bewusstsein für so was, noch nicht so ausgeprägt wie heute.

Wir waren mindestens fünf- oder sechsmal in Antwerpen, um einen Hund zu kaufen.

Und jedes Mal sind wir OHNE nachhause gefahren, weil ich jedes Mal nahe der Hysterie war, wenn ich gesehen hab, wie da mit den Tieren umgegangen wurde.

Pappkartons, nicht größer als höchstens zwei qm, gefüllt mit Welpen, die sich gegenseitig angefressen haben, die gestarrt haben vor Dreck und wo es in den Läden gestunken hat, dass mir die Tränen kamen.

Ich hab jedes Mal die Flucht ergriffen, bei dem Elend und konnte manchmal nicht mehr schlafen, weil ich ständig diese Bilder vor Augen hatte, die man eigentlich nur von ′nem Hühnerhof mit Massentierhaltung kennt.

Aber wie gesagt, das Bewusstsein war damals noch ein anderes.

Beim letzten Mal, als wir hingefahren sind, fanden wir einen Laden, wo die Hunde in Einzelboxen lagen, mit sauberen Scheiben, frischer Einstreu, Wasser und Futter waren auch drin.

In den meisten Boxen lagen die Hunde apathisch rum, und in einer sprang ein kleines, schwarz-weißes Kerlchen ganz aufgedreht rum und hat versucht, mir durch die Scheibe in den Finger zu beißen.

DEN wollte ich mal rausnehmen. Das war - von meiner Seite aus - die berühmte Liebe auf den ersten Blick. Die Laden - Mitarbeiterin hat also die Box geöffnet und mir den Fell-Flummi auf die Hand gesetzt.

Ich: «Oooooooooh!» Hund (nicht grösser als ein Meerschweinchen), peilt meine Nase an und versucht da reinzubeißen.

Ich wieder: «Oooooooooh!»

Hund bekam das kleine Mäulchen nicht weit genug auf, zieht den Kopf zurück, peilt neu die Lage, legt den Kopf schief und beim zweiten Anlauf hat er es geschafft. Er biss mir in die Nase.

Ich wieder: «Oooooooooh! Den will ich!»

Mein damaliger Freund: «Biste sicher?»

Ja, war ich. Wenn so n kleines Ding die Eier hat, so was Großes wie mich anzugreifen … Respekt! Außerdem steh ich eh auf frech. Und der da war offensichtlich frech wie Dreck.

Also bezahlt, Leine gekauft, Zubehör war nicht nötig, hatte ich noch zuhause, da ich immer Hunde hatte. Als wir aus dem Laden kamen, haben wir auf der anderen Straßenseite einen McDonald's gesehen, und damit war der Name Mac sonnenklar.

Und dann sind wir nachhause gefahren.

Habe für dieselbe Woche den Termin beim Tierarzt gemacht für die Erstlings-Untersuchung.

Ich komme in die Praxis, den Hund unterm Arm, setze ihn auf den Tisch und die Tierärztin fängt an, ihn durchzuchecken.

Keine Milben, keine Flöhe, auch sonst alles okay. Nur Würmer, aber das ist ja bei Welpen normal.

Plötzlich kratzt sie sich am Kopf, kuckt mich an und sagt: «Sagen se mal, wie lange haben sie den schon?»

Ich sag, ne knappe Woche.

«Sind sie verrückt? Der ist höchstens fünf Wochen alt. Wenn sie den schon ´ne Woche haben, kann das gut sein, das der schon mit drei Wochen von der Mutter weg ist. Ich will sie nicht beunruhigen, aber ich glaube nicht, dass sie den durch kriegen!»

Und als wenn er sie verstanden hätte, und widersprechen wollte, hat er ihr in den Finger gebissen.

Hab ihn mit Welpenfutter gepäppelt, ihn ständig mit mir rumgeschleppt und ihm alles an Liebe gegeben, was ich hatte. Was soll ich sagen? Natürlich hab ich ihn durchbekommen.

Er hat natürlich die Prägephase bei der Mutter verpasst, und war als erwachsener Hund echt ein schwieriges Kaliber.

Wir haben so viel zusammen und miteinander durchgemacht.

Er wurde MEIN Hund.

Nur meiner. Der berühmte Seelenhund. Etwas, das niemand versteht, der IHN noch nicht hatte, sondern immer "einfach nur Hunde" gehalten hat.

Es war nie einfach. Mit seinen Macken, meinen natürlich auch. Und mit meinem Leben. Ihr dürft gespannt sein - wie es weiter ging und es ging weiter. Und eins kann ich euch versprechen: Langweilig war es nie!

Es gibt aber auch Fälle, in denen man eine bestimmte Vorstellung von seinem neuen Mitbewohner hat. Er soll bestimmten Ansprüchen genügen, Voraussetzungen erfüllen und ein ganz besonderes Aussehen mitbringen. Was aber, wenn alle diese Faktoren außer Kraft gesetzt werden? Wenn das Herz und eine große Portion Mitleid die Auswahl beeinflussen? Stellt man dann alle vorher bekannten Ansprüche und Wünsche zurück?

Man bekommt immer den Hund, den man verdient!

(Text: Alexandra Schejok)

Ha! Na dann muss es ja ein Traumhund sein, total lieb und nett und schüchtern und zurückhaltend und ... joa. Ähhh ...

Nochmal von vorne: Ich war nicht mal auf der Suche, wirklich nicht. Versteht mich nicht falsch. Ich bin ein absoluter Hundemensch, aber ich wollte noch warten. Worauf? Keine Ahnung!

Ich bin vor ein paar Jahren, angeregt durch meine beste Freundin, in die Facebook-Gruppe einer griechischen Tierschutzorganisation eingetreten und habe da ... nichts gemacht.

Nicht gesucht, nicht gefunden, nüscht.

Manchmal waren mir die herzzerreißenden Fotos und Beiträge sogar zu viel und ich musste sie ausblenden, Schande über mich.

Und dann vor 2 Jahren, ich hatte schon ewig keine Beiträge mehr aus der Gruppe gesehen, scrolle ich munter auf meiner geliebten Facebook-Startseite runter und BÄM.

Da war se.

Wenn ich vorher nicht an Liebe auf den ersten Blick geglaubt habe, ja isso, dann jetzt.

JA ISSO! Zack feddich, Hund meiner. Ich musste ein paar Monate warten, aber kurz vor Weihnachten war sie dann endlich hier.

Ein Träumchen ... Ich schwankte zwischen Verzückung und völliger Verzweiflung. Ich hatte mich doch soooo gut vorbereitet auf den Hund und sogar schon die Näpfe hingestellt. Das Emmatier war zu dem Zeitpunkt vier Monate alt und hat die ersten drei in der Welpen-WG des Tierheims verbracht. *Yeah, pardy hardy all day* (völlig hyperaktiv) und pissen und kacken, wo es gerade beliebt ... Jackpot! Bis das Tier stubenrein war, vergingen gefühlt Monate. In der Zwischenzeit hatten wir alles durch, was so ein Tierschutzhund so mit sich bringt. Beim Tierarzt, als Chaoshund bekannt, waren wir Dauergast: Giardien, Demodex, Ohrendauerentzündung, Augendauerentzündung, ständig Flitzkacke ... dazu muss man wissen: Emma war knapp vier Wochen alt, als man sie mehr tot als lebendig fand. Das Tierchen hat so einiges mitgemacht und mitgebracht. Wir kämpfen heute noch, aber es wird ... es wird ...

Nun ist so ein *Segugio Italiano* ja ein Jagdhund, ein *Hound* ... wer so einen *Hound* mal Bellen hörte, weiß, dass das kein Bellen ist. Man heult. Das hört sich bei den meisten verzückend an. Ein langes tiefes "Aooouuuuuuu" ... und dann haben wir hier das Emmatier ...

Sie scheint in einem weibischen Stimmbruch festzustecken, aus dem sie wohl nie wieder herausfindet. Hysterische Sirene trifft es ganz gut, geht gerne auch mal ins Krächzen über. Herzinfarktpotenzial.

Nun sind Straßenhunde ja dafür bekannt, dass sie ALLES fressen. Ja, aus MÜLL! Da fressen se alles raus, aber Gott bewahre, man stelle ihnen einen Napf mit frischem Fleisch und haste nicht gesehen hin (ja, ich BARFE), dann ist das mit 1000-prozentiger Sicherheit Gift.

«Die Olle will mich vergiften, zu Hülf!»

Der vorwurfsvolle Blick, der eingezogene Schwanz, zack raus aus der Küche. Rennend, als ginge es um ihr Leben, den nächsten Mülleimer suchen und sich da erst mal verköstigen...

Nun ist so ein Jagdhund ja fürs Jagen bekannt ("wie verantwortungslos SO EINEN Hund in der Stadt zu halten" ... wir sind aus Köln ;-)), das haben wir mittels Schleppleine, ner super Trainerin und viel viel Arbeit ziemlich gut im Griff, sodass das Emmatier auch ohne Leine völlig relaxed durch den Park gassilieren kann ... fast. Denn grundsätzlich ist erstmal jeder der uns begegnet ein Massenmörder und muss gestellt und verbellt ... äh verheult werden. Tiptop. Als ich den Hund so sah, wie er hysterisch den älteren joggenden

Mann anschrie, sah ich mein ganzes hart erarbeitetes Geld in den Fängen meiner Hundetrainerin verschwinden. Der Parkregulator war geboren.

Aber passt schon ... Ich wollte eh nie einen Schoßhund!

In den Fällen, dass ein tierischer Partner den Weg über die Regenbogenbrücke nimmt, häufig gilt der Schwur – nie wieder ein Tier. Zahllose dieser Meineide habe ich in den letzten Jahren gehört und bei vielen Gelegenheiten waren es die Vierbeiner selbst, die Auslöser für die Rücknahme des Schwures waren. Vor vielen Jahren veröffentlichte die Bildzeitung jeden Tag eine Karikatur mit dem Titel „Liebe ist …“ Jeweils verlängerte sich der Spruch zu einem Satz und dieser hier könnte lauten „Liebe ist … wenn ein neuer Hund ins Leben tritt.“

Und dann kam Sammy

(Bild & Text: Katja Breuer)

Als Reno, mein wunderbarer, riesengroßer, sanfter Schäferhund starb, dachte ich, ein Stückchen von mir ist mitgestorben.

Das Stückchen, das immer einen Hund haben wollte - das Stück, welches bereit war, noch einmal einem Hund ein Zuhause zu geben und auch das Stück, das bereit war, sich irgendwann erneut verabschieden zu müssen.

Ich war noch nicht einmal zugänglich für meine eigenen Argumente, die ich den Katzen-Sklaven, deren Tier verstarb, immer sage: «Es ist doch kein Ersatz, wenn ein anderes Tier einzieht! Es ist ein guter Platz frei geworden, der von einem der vielen, vielen Tierschutztiere besetzt werden könnte.»

Von wegen! Ich wollte nicht mehr, denn so einen Hund würden wir nie wieder bekommen - NIE wieder!

Aber es sollte ganz anders kommen.

Ganz viele Menschen um mich herum neigen dazu, meine Argumente und Thesen aufzugreifen, um sie mir bei Bedarf um die Ohren zu hauen.

Nichts und niemand tröstet besser über den Verlust, als ein neues Tier! Ha, ha, ha - das galt für alle anderen, nur nicht für mich! Ich war unglücklich, trauerte um meinen Freund, wollte all diese Phrasen überhaupt nicht hören.

Und dann sandte mir eine Freundin nur ein Bild - ein Foto von einem wuscheligen, strubbeligen Etwas, das auf den Namen Sammy hörte.

WENN (und die Betonung lag damals ganz klar auf diesem Wort 'wenn'!) noch einmal ein Hund bei uns einzieht, dann wollte ich mir meinen Lebenstraum erfüllen: einen Dobermann von einem guten Züchter!

Ich mochte diese wunderschönen, graziösen und windschnittigen Tiere, die so fantastische Charaktereigenschaften mit sich bringen, sind aus 'gutem Hause' - ja, so ein Traumhund sollte es sein.

Aber doch bitte nicht wieder so einen Secondhand-Köter, mit diesem fürchterlichen langen Fell und diesen unmöglichen großen Ohren. Und dann kam er auch noch aus dem Ausland!

Okay, er war schon (lange) bei einer Familie in Deutschland - aber nein, dieser Zottel war nichts für mich.

Als ich das Foto - achselzuckend - wegklickten wollte, kam ich aus Versehen auf die Taste zum Vergrößern - und da schaute mich ein Hund an, der mir direkt ins Herz guckte.

Na ja, was soll ich sagen, ich mache es kurz: Wieder fuhren wir, wie schon damals zu Reno, mitten ins Ruhrgebiet, um Sammy abzuholen.

Sammy, ein reinrassiger *Berger de Picardie,* war katzenfreundlich, menschenbezogen, besaß schon eine gute Ausbildung, lief am Pferd und gehorchte perfekt - und wenn seine Besitzer nicht krank geworden wären, hätten sie sich niemals von Sammy getrennt.

Denn Sammy war ein Arbeitstier, der unbedingt ausgelastet werden wollte und das konnten seine Menschen nicht mehr leisten.

Vorbei waren also die gemütlichen, langsamen und vor allem kurzen Spaziergänge! Sammy wollte Abenteuer, Ausbildung, Arbeit - und ich musste umdenken!

Sammy liebte es, die Schafherden auf dem Deich zusammenzutreiben. In seinen Augen standen sie unordentlich, also trieb er sie - außerhalb des Zaunes - in einen ordentlichen Pulk zusammen. Dabei stellte er seine riesigen Ohren auf Durchzug, ignorierte mich und meine Kommandos gekonnt und kam nach vollbrachter Arbeit so glücklich und zufrieden zurück, dass ich ihm nicht wirklich böse sein konnte, wenn er sich perfekt (und ohne Kommando dafür) vor mich setzte und ansah.

Dass es auch noch eine andere Leidenschaft gab, die Sammy seine gute Erziehung vergessen ließ, erfuhren wir bei einem Spaziergang im Wald.

Da er so gut und zuverlässig abrufbar war und uns auch immer im Auge behielt, durfte Sammy nahezu immer ohne Leine laufen. Rehe und Kaninchen waren für ihn nämlich immer nur so lange interessant, wie sie plötzlich vor ihm standen. Er war so clever, dass er wusste, es war nur unnötige Energieverschwendung ihnen nachzujagen. Er tat es einfach nicht!

Darum machten wir uns keine Gedanken, dass Sammy im Unterholz verschwand, während wir uns auf einer Lichtung nach schönen Fotomotiven umsahen - irgendwann tauchte er schon wieder auf, das tat er immer.

Als er nach 10 Minuten noch nicht freiwillig wieder da war, rief ich ihn - keine Reaktion! Bevor sich die leichte Panik in meiner Stimme bemerkbar machte, rief ich erneut - und sah, dass sich ein paar Büsche mächtig schüttelten.

Leicht genervt, weil Sammy trotz Ruf nicht kam, stapfte ich auf die Botanik zu. Wehe, ich kriege diesen verdammten Köter in die Finger - niemals kommt er wieder von der Leine … so oder so ähnlich ging es in meinem Kopf vor.

Das kann ich aber nicht mehr genau sagen, denn was dann geschah, war ziemlich aufregend und ging auch atemberaubend schnell:

Aus den Büschen kam eine Rotte Wildschweine direkt auf mich zu gerannt, dahinter - ziemlich dicht - mein Sammy, der diese Rotte gerne ordentlich zusammen sehen wollte.

Die Bachen führten Frischlinge, der Eber raste in unglaublich leichtfüßiger Weise über die Lichtung - direkt auf mich zu.

Be a tree! - warum ich gerade das dachte, weiß ich nicht - das menschliche Gehirn scheint alle wichtigen Dinge abzurufen, wenn es brenzlig wird. Und es war SEHR brenzlig, denn die Hauer des Ebers waren beängstigend dicht vor mir.

Warum ich mich erinnerte, dass Wildschweine schlecht sehen, weiß ich auch nicht mehr. Jedenfalls stand ich stocksteif in der Botanik und es streiften mich nur die Borsten der Bache, und ich hatte sogar die Nerven, um zu erkennen, dass die Frischlinge entzückend waren.

Die Wildschweine verschwanden in unglaublicher Geschwindigkeit im Wald und außer (meiner) Sicht, Sammy machte den immer kürzer werdenden Abstand wett und verschwand ebenfalls aus meinen Augen.

Von wegen: *Be a tree!* Bäume schreien nicht - ICH ABER! 'SAAAAAAMMMYYYY!' Aber wie bei der Jagd auf die sanften Deichbewohner, stellte Sammy seine Ohren auf Durchzug!

Nach einer halben Stunde, die ich einer Ohnmacht nahe nach

meinem Hund suchte und rief und rief und suchte, beschloss ich, neben einer Rolle Kotbeutel ab sofort auch eine Rolle Beruhigungstabletten mit auf die Hunderunden zu nehmen, diesem dämlichen Vieh nie wieder die Leine abzumachen und dachte sogar ernsthaft darüber nach, ob ich ihn nicht ins Ruhrgebiet zurückbringen sollte. Dann knackste es wieder im Gehölz - und ein fix und fertiger Sammy hechelte auf mich zu. Sein Fell hing voller kleiner Äste und Tannennadeln und in seinen Augen pure Begeisterung und gute Laune, Glück und Zufriedenheit - und Liebe. Ich nahm ihn in den Arm, weinte vor Glück und verschob die Strafpredigt auf unbestimmte Zeit.

Dämlicher Köter, dämlicher! Wie sehr ich ihn liebte, diesen zotteligen Fussel!

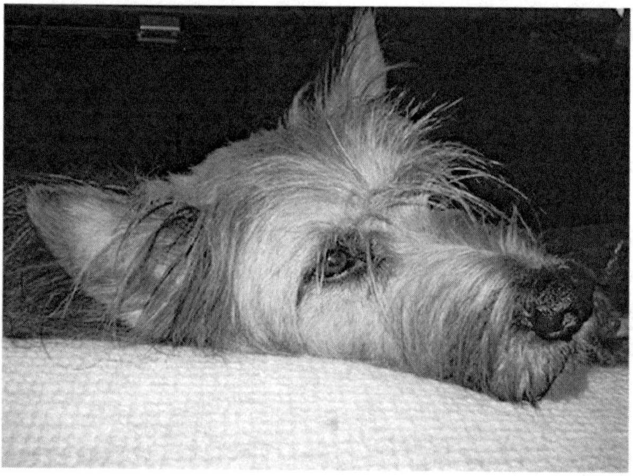

Wie aber würden die Hunde selbst diese Art von Auswahl sehen? Bisher ging die Initiative von den neuen Besitzern aus oder sie kam tief aus dem Herzen. Kein Gedanke an die Gefühle und die Gedanken der Vierbeiner. Ob Tierheim, Tötungsstation oder Auffangstation, hier melden sich zwei Spezies aus den Bereichen „Rassehund" und „Straßenköter" zu Wort und die haben ihre eigene Sicht auf die Dinge.

Herzgewitter, Mord und leises Glück

(Bild & Text Katrin Thiele)

Boah, in mir zittert noch alles. Eigentlich dachte ich ja, dass ich inzwischen so abgeklärt bin, dass mich nix mehr umhauen könnte. Aber denkste Puppe! Wer mich kennt, der weiß, dass ich ausgesprochen klug bin. Aber klug an sich bedeutet nun mal nicht unbedingt, dass man alles weiß. Nur dass man immer bereit ist, dazu zu lernen. Und das musste ich gerade. Und zwar so was von, Heidewitzka! Dabei fing alles harmlos an. Eine winzige Meinungsverschiedenheit mit meinem griechischen Bruder. Weiß gar nicht mehr den Zusammenhang, jedenfalls sacht der auf einmal, dass ich auch ein Tierschutzhund sei. Erst denke ich, er macht wieder einen seiner mäßig erfolgreichen Witze. Doch dann stellt sich raus, dass er das tatsächlich ernst meint. Mein Lachen bleibt mir beinahe im Hals stecken.

«Ey, ich kann dir jederzeit meine Papiere zeigen!», schnauze ich ihn an.

«Du bist ja dumm», antwortet er dreist und zieht eine Augenbraue arrogant nach oben. «Als ob einen irgendwelche Papiere davor bewahren würden, ein Tierschutzfall zu werden. Auf welchem Stern lebst du denn?»

«Die Papiere und ein tadelloses Benehmen», kontere ich im Brustton der Überzeugung. Noch habe ich die auch. Ändert sich aber Pronto.

Brady lacht, kriegt sich überhaupt nicht wieder ein. Irgendetwas ist in diesem Lachen, was das nahende Herzgewitter mit dumpfem Grollen anzukündigen beginnt. Tief in meinem Innern entsteht eine Ahnung, das Brady, obwohl er noch kilometerweit von echter Weisheit entfernt ist, doch schon sehr viel mehr vom Leben mitgekriegt hat als man ihm - jung und frech, wie er so ist - zutrauen würde.

«Du weißt es wirklich nicht, oder?» Sein Lachen verebbt langsam und er blickt mich forschend an.

«Was?» Das Herzgewitter kommt näher, ich spüre es genau. Wünsche mir auf einmal, dass es einfach an mir vorbei zieht. Manchmal ist es besser, Dinge nicht so genau zu wissen.

«Die Tierheime dieser Welt sind voll. Sie platzen aus allen Nähten. Voll mit einst stolzen Rassetieren wie dir und ehemaligen Straßenhunden wie mir und allen anderen eben. Manche sind schwere Jungs oder Mädchen, die die schlimmen Dinge nicht verkraftet haben, die ihnen die Menschen angetan haben, und nun aggressiv oder sonst wie meschugge geworden sind. Das ist nur aber nur kleiner Teil. Die Masse der Hunde hat sich überhaupt gar nichts zu Schulden kommenlassen. Sie sind kein Bisschen auffällig und wären perfekte Familienhunde. Sie hatten einfach Pech. Waren zur falschen Zeit am falschen Ort. Einige sind Scheidungsopfer, einige sind einfach unbedacht angeschafft worden. Menschen waren überfordert mit ihnen oder ihrer einfach überdrüssig. Die Liste ist lang. Zeitgleich werden immer neue Hunde auf den Markt geschmissen. Wir Hunde sind für viele Menschen nichts weiter als eine Ware. Nur so lange etwas wert, wie es gerade passt. Dann ausrangiert wie ein Paar alte Schuhe. Tja, und wenn du als Hund Glück hast, dann bist du in einem Land auf die Welt gekommen, in dem es die Todesstrafe nicht gibt! Willkommen in der Wirklichkeit, alter Mann. Und du bist wohl ein Tierschutzfall, der nur das Glück hatte, am Tierheim haarscharf vorbei zu schrammen.»

«Todesstrafe?» Inzwischen ist mein Herzgewitter in vollem Gang. Es stürmt und braust in mir so doll, dass ich fast aus den Latschen kippe. Nur mit Mühe kann ich mich noch auf den Füßen halten.

«Jepp. In vielen Ländern gibt es Tötungsstationen, in denen unsere Kumpels nach einer kurzen Frist ermordet werden. Und zwar unabhängig davon, ob man ein schwerer Kandidat ist. Ebenfalls unabhängig vom Alter und Gesundheitszustand. Viele werden ja auch direkt auf der Straße vergiftet oder erschlagen. Wir sind einfach zu viele. Die Nachfrage ist nicht da.»

«Moment», sage ich mühsam beherrscht. «Wenn ich dich richtig verstanden habe, werden trotzdem und zeitgleich immer neue Hunde gezüchtet, obwohl es für die bereits vorhandenen schon kein Zuhause gibt?» Das macht alles keinen Sinn. Der Grieche lügt doch! So dumm können Menschen einfach nicht sein … Ich dachte, dass was damals mit Bradys Chef passiert ist, war ein trauriger Einzelfall.

Doch Brady nickt. Sieht für einen Moment gar nicht mehr jung und wild aus. Hat diesen wissenden Ausdruck in den Augen, der mir gar nicht gefällt.

«Aber warum?», bringe ich mühsam raus.

«Da ist die Liste auch lang. Unwissenheit ist wohl ganz vorn mit dabei. Vielen sind die Zusammenhänge genauso wenig klar wie dir bis eben. Dicht gefolgt von Vorurteilen. So wie deine. Hunde, die im Heim sind, müssen wohl irgendwas angestellt haben. Ist natürlich totaler Blödsinn, so pauschal. Ich sag dir, es gibt unzählige Gut-Hunde, die da sitzen und umsonst hoffen. Haben noch nie einer Fliege was zu Leide getan und würden sich überall sofort einfügen. Aber sie kriegen keine Chance, weil die Leute lieber auf Nummer sicher gehen wollen und zum Züchter rennen. Ein echter Hund vom Züchter eignet sich natürlich auch prima als Statussymbol. Mit 'ner undefinierbaren Mischung aus Rumänien kannst eher schlecht angeben.»

«Aber das ist doch grober Unfug, dass Hunde vom Züchter grundsätzlich keine Probleme machen!», poltere ich los.

«Sind ja nicht alle solch Sonnenscheine wie ich!» Das weiß ich genau. Kenne nämlich ne Reihe von geistigen Voll-Schwachmaten, die aus 1a Züchtungen stammen.

«Natürlich nicht», stimmt Brady mir zu. «Deshalb gibt es ja auch jede Menge von euch Adligen, die ebenfalls im Heim vor sich hinvegetieren. Alte, junge, alles dabei. Aber es ist, wie es ist. Menschen sind so.»

«Es ist, wie es ist?», schreie ich. Weiß gar nicht, wie lange es her ist, dass ich das letzte Mal geschrien habe. Aber jetzt kann ich meinen Ton gerade nicht zügeln.

«Das ist doch dein Spruch! Sachste doch immer …» Brady guckt verständnislos.

«Mann! Das sage ich zu den Sachen, die nicht zu ändern sind. Aber dass unsere Kumpels ermordet werden oder in den Heimen verschimmeln, weil es keinen Platz für sie gibt und zeitgleich neue produziert werden, gehört ja wohl nicht in die Kategorie», stelle ich klar.

«Wir sind doch nur Hunde.»

Er zuckt die Schultern. «Hm. Aber was willste machen? Wir sind doch nur Hunde, was sollen wir schon ausrichten?» Ich nicke langsam und atme erstmal tief durch. Das Herzgewitter verebbt allmählich. Er hat natürlich irgendwie Recht. Allerdings bin ich ja der Helmut Schmidt unter den Hunden und darf deshalb hier meine Gedanken kundzutun. Und deshalb möchte ich jetzt im Namen aller heimatlosen Hundeseelen an die Herzen von euch Menschen da draußen appellieren.

Ihr, die ihr sagt, dass ihr Hunde liebt, wenn Ihr einen freien Platz habt, dann nehmt einen von denen auf, die so sehnsüchtig auf ein schönes Zuhause hoffen und die schon da sind. Und egal welchen Geschmack Ihr habt, und welche Rasse Euch besonders zusagt, ich wette, dass es genauso einen beim Tierschutz gibt. Auch Welpen warten dort massenhaft, falls Ihr Euch keinen erwachsenen Hund zutraut oder Ihr nicht darauf verzichten wollt, das Aufwachsen mit eigenen Augen zu sehen. Wer es allerdings stressfreier möchte, der tut sich selber den größten Gefallen, wenn er sich kein Baby ins Haus holt …

Und Ihr Züchter, Hobby-Züchter und Hundevermehrer da draußen: Ist Euch klar, dass jeden Tag Hunde umgebracht werden, weil niemand sie haben möchte?

Bevor Ihr also für weiteren Nachwuchs sorgt, könnt Ihr ruhig mal drüber nachdenken …

So, ich habe fertig für heute und bin es auch. Kuschel mich tiefer in meine Decke und spüre, dass sich mein Herzgewitter langsam verzieht. Macht einem anderen Gefühl Platz. Warm ist es. Dann kann ich es identifizieren: leises Glück. Darüber, dass ich nicht um mein Leben fürchten muss und dass ich immer Menschen hatte, die sich um mich gekümmert haben. Gleichzeitig hat das Herzgewitter dafür gesorgt, dass mir nun klar ist, dass das gar nicht so selbstverständlich ist … bitte, Ihr Menschen da draußen, kümmert Euch um die Kumpels, die es noch nicht so gut haben wie ich.

Ich glaube daran, dass man alle falschen Dinge, die zu ändern sind, auch ändern sollte.

Und in diesem Fall braucht es nur ein wenig Verstand, zusätzlich genug Herz und schon würde es diese Probleme gar nicht mehr geben ...

Ist dann so eine Fellnase in der Familie gelandet wird sich das Leben ändern. Menschen ohne Hund müssen bei Regen auf der Couch sitzen, der Hundebesitzer ***darf*** *mit seinen Lieblingen nach draußen. Die Hundetrainerin Petra Nier, ihr Golden Retriever und die junge Berner Sennen Hündin erlebten die ersten Tage auf besondere Weise.*

Loyalität

(Text: Petra Nier)

Es war wieder einer dieser Tage, sonniges Wetter, angenehm zum Laufen. Baby-Blue zeigte deutlich, heut wollte er mit uns die große Runde laufen, nicht nur ein bisschen traben, sondern wirklich bewegen. Seine Ambitionen freuten mich sehr; er war nun neun Jahre alt, aber seit knapp drei Jahren stand die Diagnose: Cauda-Equina-Syndrom.

Er hatte inzwischen nur selten noch aktive Tage, meist waren die Ausfälle durch die eingeklemmten Nerven sehr stark bemerkbar, ein Trab - sehr kurz, danach der schleichende, oft schleifende Gang. Die Medikamente taten das ihr Bestes, sodass ich gelernt hatte, seinem Instinkt zu vertrauen - so sei es, kommst heut' mit.

Wir wanderten los, die kleine, junge freche Berner Hündin, der im Herzen noch spitzbübische, inzwischen alte Golden, und ich.

Über die Bahnschienen, das Feld hinauf. Er genoss heute jeden Schritt, *sie* hüpfte aufgeregt um uns herum, schließlich kam der alte Mann nicht mehr oft mit.

Spuren wurden erschnüffelt, der Golden zeigte seine beste Jäger-Seite, er nahm Tempo auf. Oha, wenn das bloß gut geht, dachte ich noch. Aber es war mein Prinzip geworden, ihm seinen Kopf zu lassen, denn so lang er noch konnte, wollte ich ihm das Hundsein ermöglichen.

Natürlich gab es harsche Kritik an meiner Einstellung. Als die ersten Ausfallerscheinungen da waren, und ich mich weigerte, ihn zum Schonen und zur Ruhe zu zwingen.

Ich würde alles nur schlimmer werden lassen, ich müsste ihn zurück nehmen und bremsen. Kein Spielen oder Rennen zulassen, um möglichst lang diesen geliebten Rüden an meiner Seite zu haben.

Es wäre unverantwortlich, wie ich sein restliches Leben gefährden würde. Da war er sechs Jahre alt, im besten Mannesalter, mit vielen Flausen im Kopf und so viel Selbstbewusstsein und Unabhängigkeit gebündelt in einem Hund hatte ich vorher nicht erlebt.

Nein. Er sollte leben. Leben, wie er es verstand, wie er es sich zutraute. Ich war nur zum Auffangen da, falls es zu viel wurde. Dieser Einstellung folgend, trabten wir nun über die Felder auf den Wald zu.

Die letzten Meter vor dem Wald bemerkte ich, dass er sich überschätzt hatte.

Nun, was sollte passieren, es wäre nicht das erste Mal, dass ich ihn schultern und ein Stück zur Erleichterung tragen würde.

Jedoch beschloss ich die Runde nicht durch den Wald um eine gute Stunde zu verlängern, sondern den kurzen Weg Richtung Heimat einzuschlagen. Auch dieser war noch knappe drei Kilometer lang und es würde uns beiden den Kraftakt ersparen. Schließlich wog der Gute trotz allem noch stattliche 30 kg, die auf meinen Schultern zu gefühlten 100 kg werden konnten.

Die Bernerin begriff die Situation und willigte stumm, mit einem seelenvollen Blick in die kurze Runde ein.

Just als ich dachte, nun schaffen wir die Runde doch gut, knickte der alte Mann ein.

Nun je, also legten wir eine Verschnaufpause ein, er dort liegend, wo ihn seine Kraft verlassen hatte, ich gemütlich im Gras daneben sitzend. Das schwarz-braun-weiße Monster zog derweil ihre Kreise um uns, den Radius schelmisch grinsend immer weiter vergrößernd. *Hey, Daisy-Dee, lass das!*

Schon flog sie mit offener Schnauze auf uns zu, hasch' mich, ihr seid sooo langweilig.

Wir schauten uns an, Herr Baby-Blue und ich, na warte, du kleine freche Ziege, wir können das auch!

Er rappelte sich auf und wankte etwas. Ein Schüttel-Versuch, Gleichgewicht testen, gut. Also konnten wir weiter laufen, das Daisy-Dee Monster grinste uns auf Distanz an.

Ich liebte diese Situationen, er hin und her gerissen zwischen Schalk und körperlichem Defizit, sie jugendlich gut gelaunt, Sonne und Felder um uns herum.

Am Horizont tauchte eine Silhouette auf.

Ein Mensch mit Hund; frei laufendem Hund. Man muss dazusagen, es war Brut- und Setzzeit, also Leinenpflicht für alle Strecken außerhalb der bebauten Gegend. Also auch hier auf dem Feld.

Dass das schwarz-braun-weiße Monster frei herum sprang, war der Tatsache geschuldet, dass wir dem zuständigen Jäger eine kleine Demonstration gegeben hatten, was ein sicherer Rückruf aus egal welcher Situation bedeutet: sein Hund war hinter einem Reh hergesprungen und er fluchte.

Daisy-Dee hatte Anstalten gemacht seinem Hund zu folgen und in das Jagen einzusteigen, als ich ihr mit kurzem Pfiff zeigte, dass nun bei mir der einzige Platz war, an dem sie sein sollte. Er konnte es kaum glauben, versuchte zeitgleich seinen Hund zu rufen und meine Kleine zu provozieren, aber sie saß bei mir und ließ ihn hampeln.

Bei der nächsten Begegnung meinte er nur trocken, dass sie ja wohl kein Problem machen würde und der Freilauf für sie offensichtlich kontrolliert wäre, also sollte ich sie ruhig laufen lassen.

Die Silhouette kam näher, ich begann mir Gedanken zu machen.

Ausgerechnet dieser Ignorant, ein Border ohne Gehör und ein Typ ohne Hirn. Der Border war ein Vertreter des Hau-Drauf-Rüden, der Halter stolz wie Bolle, wenn es wiedermal

Löcher gegeben hatte. Sein Hund bewährte sich im Kampf - etwas, was ihm als Mensch versagt blieb. Na, klasse.

Ausgerechnet heute, Baby-Blue überanstrengt, hier draußen ohne Ausweichmöglichkeit. Dass er seinen Hund zu sich nehmen würde, utopisch. Dass er seinen Hund zu sich rufen könnte, ebenfalls. Was soll's, ich wappnete mich innerlich darauf, den tief-fliegenden Border vor meinem alten Rüden abzufangen.

Wir warteten, ich wollte guten Stand haben, schließlich wurde so ein Geschoss auch nicht "mal eben" gebremst.

Da kam er. Tief, fast schon auf dem Bauch kriechend, Tempo aufnehmend, den Blick auf meinen alten Baby-Blue fixiert. Gedanken sprangen durch meinen Kopf: zweite Leine - Daisy-Dees Leine - Griffbereit. Baby-Blue an meinen Gürtel gehakt.

Angreifenden Border im Blick. Wo ist das schwarz-braun-weiße Monster? Mist! Daisy?

Dann ging alles ganz schnell.

Der Border setzte zum Sprint an, ich stellte mich sicher auf, da schoss von rechts aus dem Augenwinkel ein schwarz-braun-weißer Blitz auf den Border zu, rannte ihn mitten im Sprint um. Dieser flog ein Stück, schüttelnd kam er auf die Pfoten, da war die kleine Bernerin schon wieder da, von links diesmal, und rannte ihn wieder um.

Der Mann fluchte. Der Hund vergaß Baby-Blue zu fixieren. Sein Blick ging zur Bernerin, die nun abseits zwischen uns stand. Der Border hob eine Pfote, sie startete durch - ein breites Grinsen im Gesicht, verflixt das Luder fand das lustig!

Plötzlich, wie ausgewechselt, fingen die zwei an zu spielen. Wildes Jagen, Haschen, Zwicken, Wechseln.

Baby-Blue und ich gingen los, erst langsam, dann immer schneller.

Die anderen zwei spielten scheinbar völlig aus der Welt. Alles vergessend, rannten sie miteinander um die Wette. Wir liefen weiter, den Weg runter, über den Horizont.

Dort blieben wir stehen. Was nun? Ich konnte doch meine Kleine nicht allein lassen, der Alte legte sich schnaufend ab.

Da kam sie angeflogen, zuerst noch vom Border gefolgt, der drehte dann ab, schließlich stand sein Mensch noch da ganz hinten mit offenem Mund fluchend. Sie trabte langsamer auf uns zu, fast als ob sie unsicher wäre, dass sie so viel zu weit von uns weg geblieben war. Ich gab ihr ein leises "Good Girl" entgegen, all der Stress flog ab und mein kleines Bernermonster sprang mich entzückt an.

High Five, Alte, richtig? Ja! Du bist fantastisch, Daisy-Dee.

Tierfreundschaften haben schon immer die Herzen erwärmt. Meist sind es die Hunde, die untereinander Freundschaft schließen, sich gegenseitig in Schutz nehmen und sich vertrauen. Die alte Regel „sie benehmen sich wie Hund und Katze" gilt allerdings schon lange nicht mehr, denn in vielen Haushalten haben sich regelrechte Partnerschaften entwickelt, wobei man allerdings auch zugestehen muss, dass meist die Katze das Sagen hat. Ich kenne Haushalte, dort bestimmt die Katze, wann die Hund an seinen Napf darf. Anders in der folgenden Geschichte, die allerdings ein trauriges Ende nimmt.

Ein tolles Team

(Bild & Text: Katja Breuer)

Mariechen und Reno waren schon ein tolles Team. Mariechen, die kleine schielende Katze und Reno, der riesige Schäferhund. Einer schien ohne den anderen nur halb.

Da weder Mariechen, noch die anderen Haus 1-Katzen (Erklärung später) nach draußen dürfen, war die erste Fellnase, die uns Zuhause begrüßte IMMER Mariechen.

Manchmal habe ich mir gedacht, dass ich Mariechens Platze einnehme, wenn wir uns draußen aufhielten, denn Reno passte auf mich auf.

Nein, nicht so, dass er niemanden an mich heranließ, aber er hatte immer ein Auge auf mich. Er merkte jede meiner Emotionen, als wäre er schon sein ganzes Leben mit mir zusammen - oder mit Mariechen ...

Reno begleitete uns überall hin, war ein ganz unaufdringlicher freundlicher Kerl, der scheinbar nur gefallen wollte. Und ihm gefiel es, überall dabei zu sein. Machten wir einen Ausflug in die Innenstadt, konnte ich in jedes Geschäft mit ihm, er schnüffelte aufmerksam an allem, las die unsichtbaren Nachrichten seiner Artgenossen so aufmerksam wie kein anderer vor oder nach ihm, hinterließ manchmal auch eine kleine Notiz und war bei dem kleinen Lebensmittelladen in unserem Viertel schon bekannt: dort kaufte ich immer ein Brötchen mit einer dicken Scheibe Fleischwurst für ihn, während er draußen artig wartete.

Das Größte war es aber für Reno, wenn wir mit ihm in den Wald fuhren - da war er nicht anders, als andere Hunde auch, nur folgsamer!

Eines Tages veranstaltete ein Motorsport-Verein in der Gegend ein Rennen. Es fand auf dem ehemaligen Flugplatzgelände der Fliegerstaffel 'Hungriger Wolf' statt.

Da Reno nicht mehr so besonders gut hören konnte, war das Spektakel keine große Sache für ihn.

Das Schöne, an diesen kleinen Rennen ist, dass man als Zuschauer ganz dicht an die Strecke heran kann - Reno fand es merkwürdig: Normalerweise überqueren wir Straßen doch, wenn kein Auto zu sehen ist!

So standen wir da, sahen zu, wie die Autos Runde um Runde an uns vorbeisausten, und Reno legte sich entspannt neben uns ins Gras.

Nach ein paar Minuten stand er auf und stellte sich vor mich - ich habe diese sanfte Geste zunächst gar nicht bewusst registriert. Doch als Reno dann mit seinem Körper gegen meine Beine drückte, merkte ich, dass ich in meiner Konzentration auf das Rennen mit beiden Füßen auf der Rennstrecke stand.

Das nächste Auto hätte mich sicher ziemlich erschrocken, wenn nicht Schlimmeres.

Reno hatte mich also 'gerettet' - so oder so ...

An einem Spätsommermorgen erwachte ich, weil Reno winselte. Er stand neben meinem Bett, wackelte hin und her, konnte nicht mehr laufen, fiel hin, wenn er es versuchte.

Er verlor Kot und Urin, hielt den Kopf völlig verdreht, riss die Augen weit auf und blickte mich hilfesuchend an.

Es war ein Schlaganfall - ein ziemlich heftiger. Mein großer, wunderbarer Hund krümmte sich, hatte Angst vor dem, was mit ihm passierte. Als er merkte, dass er Kot verlor, wurde er völlig panisch - ich beruhigte ihn, so gut es ging, führte ihn in einen anderen Raum, sodass er eine saubere Unterlage hatte.

Dort legte ich seinen Kopf in meinen Schoß und wollte für meinen Hund stark sein. Es gelang mir nicht, denn die Tränen liefen ohne Kontrolle auf sein Fell.

Es ist erstaunlich, wie ein Mensch funktioniert, wenn er muss. Ich telefonierte mir die Finger wund, denn kein Tierarzt in unserer Stadt wollte einen Hausbesuch bei uns machen.

Reno hatte panische Angst vor dem Tierarzt - obwohl wir es geübt haben, indem wir alle paar Wochen auf die Waage in einer Praxis fuhren.

So lange Reno laufen konnte, war das okay - aber jetzt, in diesem Zustand, hätte ich ihn tragen müssen. Das traute ich mir nicht zu, denn 45 kg Panik auf dem Arm hätte ich nicht bewältigen können.

So verfluchte ich ALLE Tierärzte, die sich weigerten, zu uns zu kommen, ich verfluchte mich selbst, weil ich so eine Situation nicht vorausgesehen habe - meine Wut war besser, als die tiefe Traurigkeit darüber, dass heute das Leben meines Freundes beendet werden musste.

Nach gefühlten Stunden hatte ich eine Tierärztin gefunden, die sofort aus ihrer Sprechstunde kommen wollte – aus 30 km Entfernung!

Wenn sie sich nur nicht beeilen würde, könnte ich noch ein paar Minuten länger mit meinem Reno verbringen. Bitte lass' dir Zeit, vergiss die Leben beendende Spritze oder noch besser: Sag' mir, dass meine Diagnose völlig falsch ist!

30 Minuten später war sie hier, diese völlig fremde Frau, die uns aus der Not helfen sollte. Sie sagte nicht, dass ich mich irrte, sie hatte alle notwendigen Medikamente dabei und sie tat, was getan werden musste: Sie tötete meinen großen, wunderbaren, sanften Hund!

Und sie blieb bei mir, bis meine Tränen nicht mehr ganz so dolle liefen, tröstete mich wie eine Freundin - und wurde es später auch.

Reno tat seinen letzten Atemzug ohne Panik, im Kreise seiner Lieben - ganz ruhig und friedlich, wie er immer war.

Zweieinhalb Jahre war Reno bei uns - so intensiv und liebevoll, so vertraut und vertrauensvoll, als wäre er seine ganzen vierzehn Lebensjahre bei uns gewesen.

Mariechen trauerte sehr, sehr lange um ihren großen Freund. Immer, wenn ich nachhause kam, schaute sie an mir vorbei durch die Tür, um zu schauen, ob Reno nicht vielleicht doch schwanzwedelnd hinter mir lief.

Manchmal ging es mir wie Mariechen, die erst vor Kurzem ihrem großen Freund folgte: Ich sah Reno überall und tu' es noch, mit Mariechen und all den anderen ...

Im überwiegenden Teil unserer Geschichten handelt es sich um Erlebnisse, Erfahrungen und Ansichten von und über unsere Hunde. Dass aber unsere Vierbeiner auch das Leben von uns Besitzern bestimmt, darüber haben wir uns bisher nicht ausgelassen. Hat man Kinder, entstehen die größten Streitigkeiten zum Thema Erziehung und dem Umgang mit den „kleinen Ungeheuern". Kann es sein, das auch unsere „besten Freunde" Anlass zu ähnlichen Streitigkeiten bieten? Sie, die immer mit einem völlig unschuldigen Blick in die Landschaft schauen, als können sie kein Wässerchen trüben?

Ich weiß, ja ...

(Text & Bild Jasmin Schmitz)

«Ich weiß, ja ...», sage ich und schaue Emmie an.

Sie legt den Kopf schief und steht vor mir, ich weiß genau, was sie will. «Was weißt du?», fragt der Mann vom Sofa aus.

«Was Emmie meint», sage ich und schaue ihn an. «Du kannst nicht wissen was der Hund will, das ist kein Mensch, also tu nicht so», entgegnet er und wendet sich wieder dem Buch zu.

So geht das schon unsere ganze Beziehung über.

Er ist nie mit Tieren aufgewachsen, ich hingegen hatte immer irgendwelche Tiere. Hunde, Hasen, Katzen, Fische ... und seit drei Jahren habe ich Emmie, oder, wenn sie was ausgefressen hat, auch - Emilia genannt.

Er macht immer Witze über diesen Hund, natürlich Tierschutz, natürlich schlechter Start mit schlechter Erinnerung an Männer, typisch Tierschutz-Klischee mittlerweile.

Die braucht halt nach drei Jahren immer noch Zeit, schaut mich an in unsicheren Momenten und holt sich mein *GO*, braucht mein *Friss* damit sie sich sicher genug fühlt und fressen kann. Der Mann kann das empathisch gesehen nicht verstehen, und immer wenn mein Hund mich anschaut und ich sage *Ich weiß, ja*, kriege ich den Konter, dass ich nichts wissen kann.

Aber ich weiß es immer.

Ich weiß, das, wenn sie aufhört zu fressen, es ist, weil ich mich zu weit abgewandt habe, also sage ich *Ich weiß, ja* und komme näher. Ich weiß, dass der Mann, der uns auf dem Spaziergang entgegen kam, zu dunkel gekleidet ist, und wenn sie mich anschaut und stehen bleibt, denke ich mir *Ich weiß, ja* und kann einen Bogen gehen.

Wenn wir auf dem Sofa liegen und der Mann flucht zu laut über die Fußballmannschaft, schaut sie mich an und ich weiß, das war zu laut für mein sensibles Mädchen.

Ich weiß, jemand der noch nie ein Tier so begleitet hat, der es erzogen hat oder all sein Herzblut darein gesteckt hat, kann das nicht verstehen, aber wenn sie mich anschaut und ich weiß was ihr Freude oder Leid bereitet, fühle ich mich gut.

Denn ich verstehe meinen Hund und kann ihm helfen oder ihn loben, kann sie trösten oder ihr Sicherheit geben. Wenn ich rede, legt sie den Kopf schief und hört zu, wenn ich morgens murmel „Ich werd mal aufstehen", springt sie auf und wartet auf mich.

Also wenn der Mann das nächste Mal sagt, das ich nichts wissen kann, weiß ich zum Glück, das ich sehr viel weiß, von einer Welt die er nicht kennt, ... bisher.

So schnell kann es gehen und neues Leben kommt „in die Bude". Im Grunde genommen kann jeder Hundebesitzer eine eigene Geschichte über seinen ersten Tag erzählen. Wo haben wir uns das erste Mal gesehen, was hat die Entscheidung beeinflusst, hat er/sie sich in das Herz „gemogelt" oder war es Liebe auf den ersten Blick? Viele Erzählungen beginnen mit „er hat sich mich ausgesucht, er kam auf mich zu und schaute mich an", aber stimmt das wirklich? Oder haben wir uns einfach nur gefunden? Aber sie sind schön, diese Kennenlern-Geschichten.

Ab jetzt nur noch im Dreierpack

(Text & Bild: Horst Knoblich)

Am 18. Oktober 2003 fuhren wir am frühen Vormittag Richtung Lauenburg an der Elbe. Und noch weiter. Jenseits der Elbe.

Gegen Mittag waren wir am Ziel und damit mitten in der Pampa, fernab jeglicher Zivilisation. Überall Hunde. Weiße Schäferhunde und Border Collies. Ein paar Hunde kamen neugierig auf uns zu, andere interessierten sich überhaupt nicht für uns. Irgendwo war Kinderlachen zu hören, eine Frauenstimme sagte etwas, Hundegebell.

«Hallo?!» Wir machten uns bemerkbar.

Und tatsächlich erschien eine Frau im Eingang eines der Gebäude.

«Ja?»

«Hallo», stellten wir uns vor. «Wir kommen aus Braunschweig. Vielleicht hat Ihnen Ihr Mann ja gesagt, dass wir kommen?»

Die Frau wischte sich die Hände an der Hose ab und begrüßte uns mit einem erstaunlich festen Handschlag.

«Nein, hat er nicht. Kann ich Ihnen helfen?»

«Bestimmt, wir möchten uns einen weißen Schäferhund zulegen und Ihr Mann sagte, dass wir dafür unbedingt hierher kommen sollten.»

«Das stimmt.»

«Kommen Sie«, sagte die Frau, «ich zeige Ihnen die Welpen. Möchten Sie eine Hündin oder einen Rüden?»

Ohne darüber gesprochen zu haben, waren wir uns einig. Michaela antwortete: «Einen Rüden.»

«Na, dann müssen wir nach dem kleinen Schnippel unter dem Bauch suchen», lachte sie uns an.

Sie führte uns zu einem mit Maschendraht eingezäunten Areal, vielleicht fünfmal fünf Meter groß. In einer Ecke stand eine überdimensionale Hundehütte, grob zusammengezimmert. Lauter kleine Welpen wuselten da rum. Einige hatten einen dicken Strich, in unterschiedlichen Farben, auf dem Rücken.

«Die sind schon verkauft», erklärte sie uns auf unsere Frage hin, was der bedeutete. «Unterschiedliche Farben deshalb, weil man sie ja nicht richtig unterscheiden kann, die sehen doch alle ziemlich gleich aus. Ich trage dann den Namen des Käufers in mein Zuchtbuch ein und schreibe die entsprechende Farbe dazu. So gibt es keine Verwechslung. Bänder, Tücher oder Stricke kann man nicht nehmen. Die Kleinen würden daran ziehen und knabbern und sich vielleicht gegenseitig verletzten. Darum die Kreide. Es ist Markierungskreide, die gleiche, wie wir sie für die Schafe brauchen.»

«Genial.»

«Wann möchten Sie denn den Hund holen?»

Michaela sah mich an und meinte dann: «Wir haben vor in vierzehn Tagen für eine Woche nach Dänemark in den Urlaub zu fahren. Es wäre doch blöd, wenn er sich dann gleich wieder an ein neues Zuhause gewöhnen müsste, oder?»

«Ach, wissen Sie, die Kleinen sind recht robust. Die stecken das weg.»

Die Frau öffnete uns das Tor zum Areal und wir gingen rein. Ich sah mich unschlüssig um, die sahen alle gleich aus. Michaela stand neben mir. Da kam einer der kleinen Welpen auf Michaela zu gewackelt. Eine ziemlich dicke Plauze hatte der Hund. Michaela nahm ihn hoch und fühlte. «Ein Schnippel, also ein Rüde», verkündete sie stolz. Der Kleine lehnte seinen Kopf an ihre Schulter, blinzelte noch ein paar Mal und schlief dann ein.

«Das ist er!», strahlte sie. «Den geb' ich nicht mehr her. Das ist meiner.»

«Es bleibt jetzt nur noch die Frage nach dem „Wann“», bekräftigte ich die Entscheidung.

«Können wir ihn denn bis nach unserem Urlaub hier lassen?», wollte Michaela wissen.

«Wir machen das zwar nicht gern, aber wenn es gar nicht anders geht, dann ja.»

Sie kramte in einer Holzkiste und förderte einen lilafarbenen Kreidestift zu Tage. Damit wurde 'unser' Hund gekennzeichnet.

Schmunzelnd gab ich zu Bedenken: «Lila für einen 'Jungen'. Gab es keine andere Farbe in Ihrer Kiste?»

«Zu spät! Die Farbe hält ein paar Wochen, die ist wasserfest.»

«Pech.»

«Haben Sie sich denn schon einen Namen überlegt?»

«Ja, habe ich: Leo», verkündete Michaela.

«Sie bekommen bei der Abholung einen Ausweis von mir mit. In dem stehen alle wichtigen Daten, den dürfen Sie nicht verlieren, das ist so wie ein Personalausweis. Und ich gebe Ihnen dann etwas Futter mit, damit Sie gleich etwas haben und er sich nicht umgewöhnen muss.»

Wir fuhren zurück nach Braunschweig.

Das Wochenende war vorüber und damit augenscheinlich auch das schöne Wetter. Es trübte sich von Tag zu Tag mehr ein. Es nieselte, regnete und wurde immer kälter. Die ersten weißen Flocken segelten lautlos zu Boden. Was zur Folge hatte, dass alle Pläne über den Haufen geworfen wurden.

«Wir holen Leo schon dieses Wochenende und nicht erst nach Dänemark ab. Die Frau hat ja Recht oder was meinst du?»

«Ich sehe das so: Erstens hat er mehr Zeit sich an uns zu gewöhnen. Zweitens wir haben mehr Zeit uns an ihn zu gewöhnen. Drittens überhaupt und so.»

«Blödmann.»

«Stets zu diensten.»

«Ich habe ja die Telefonnummer vom Schäfer, ich rufe da an und frage, ob das geht oder nicht.»

«Mach das.»

Michaela verschwand samt Handtasche im Wohnzimmer. Kurze Zeit war Ruhe, dann hörte ich, wie sie sagte: «Hallo? ...Wir würden doch schon gern dieses Wochenende kommen und Leo holen, geht das? ... Kein Thema. Haben wir zwar noch nicht, aber das klappt bis dahin ... Gut, wunderbar. Wir freuen uns. Bis bald.»

Das Gespräch war beendet.

«Und?»

«Alles kein Problem. Er wollte mit den Hunden sowieso diese Woche zum Tierarzt. Noch einmal entwurmen und eine Impfung. Ob wir denn an Halsband und Leine gedacht hätten? Ich hab gesagt, wir kaufen das alles noch. Einen Napf brauchen wir ja auch. Oh weia. Weißt du was? Wir fahren gleich noch los und kaufen das ganze Zeug.»

Wir kauften ein und packten alles in den Einkaufswagen:

«Eine Leine und Halsband hat er gesagt. Da hinten hängen welche.»

Ich nahm prüfend ein Halsband in die Hand. «Ist das viel zu groß oder doch zu klein?»

Kritisch untersuchten wir den nächsten Artikel: «Hier geht die Leine mit dem Hund oder wie sehe ich das?»

«Wir brauchen Hilfe.»

«Denke ich auch. … Hallo! Können Sie bitte mal kommen.»

Eine viertel Stunde später war der Einkaufswagen gefüllt und die Brieftasche leer. Der Hund fing bereits an richtig teuer zu werden und noch hatten wir ihn nicht einmal.

Der sechsundzwanzigste Oktober. Es war kalt aber trocken.

«Hast du den Zettel mit der Route noch? Ich glaube nicht, dass ich den Weg ohne finde.»

Problemlos kamen wir voran, machten eine kurze Rast um einen Kaffee zu trinken und fuhren dann zügig weiter: Unser neues Familienmitglied wartete schließlich.

Die ‚Schäfer'-Hunde kamen gleich wieder auf uns zu. Weiße Schäferhunde und Border Collies. Und auch die Schäferin. Sie führte uns gleich zu dem Außengehege. Ein trauriger Anblick. Wo letzte Woche noch Leben in der Bude war, waren es jetzt nur noch zwei. Leo und eine Hündin. Die hatte keine Markierung auf dem Hintern.

«Wenn Ihrer nachher weg ist, dann lasse ich die Kleine raus. Allein muss sie nicht im Verschlag bleiben. Wir haben schon überlegt, ob wir sie behalten und vielleicht zur Zucht einsetzen. Mal sehen.»

Michaela angelte sich Leo und nahm ihn wieder auf den Arm.

«Himmel, was ist der weich», schwärmte sie.

«Haben Sie an die Leine und das Halsband gedacht?»

«Äh, ja. Es liegt im Auto. Ich hole die Sachen.»

Michaela ließ Leo runter und der wollte natürlich gleich verschwinden.

«Machen Sie ihm ruhig das Halsband um», ermunterte mich die Züchterin.

Zu zweit und mit vereinten Kräften und nach dreimaligem Anpassen bekamen wir es angelegt. Jetzt musste nur noch die Leine dran und gut. Leo war da anderer Meinung. Er setzte sich hin und versuchte, durch Kratzen mit den Hinterpfoten das lästige Ding von seinem Hals abzubekommen.

«Das geht ganz schnell, dann hat er sich daran gewöhnt. Lassen Sie es einfach in der nächsten Zeit immer dran. Das ist dann wie ein Teil von ihm und es stört ihn nicht mehr.»

«Aha. Machen wir.»

«Die Hunde haben diesen Freitag ihre letzte Entwurmung bekommen und sind abschließend vom Tierarzt untersucht worden, das Ergebnis war negativ.»

Sie kramte in Papieren herum und fischte einen gelben Ausweis hervor und legte ihn auf den Tisch.

«Das hier sind Leos Papiere.» Sie tippte auf das kleine Heftchen vor sich.

Leo lag eingerollt auf meinem Schoß und begann leise zu schnarchen.

Die Schäferin reichte Michaela die Papiere, zeigte ihr die tierärztlichen Eintragungen. Alles in Ordnung. Leo gehörte ab sofort ganz offiziell zu uns.

Hallo, kleiner Leo. Willkommen.

Nach kurzem Smalltalk verabschiedeten wir uns, denn unser Heimweg war weit.

Der Einhänger saß perfekt, das Handtuch lag auch bereit, es konnte losgehen. Ich legte Leo in den Fond des Wagens. Der fühlte sich gar nicht wohl in seiner Haut. Logisch. Er hatte ja noch nie ein Auto von innen gesehen, weg von seiner vertrauten Umgebung, zwei völlig fremde Menschen und Stimmen unheimliche Geräusche, neue Gerüche.

Nach etwa einer Stunde Fahrt beschlossen wir, dass es Zeit würde für eine erste Gassirunde. Ich hielt an und hob den Kleinen aus dem Wagen. Michaela leinte ihn an.

«Na dann los.»

Das Ergebnis fiel ziemlich mager aus. Leo wusste nicht, was er machen sollte und machte vor lauter Schreck gar nichts. An der Leine laufen funktionierte auch noch nicht richtig. Wie auch?

«Und jetzt?»

«Nix und jetzt.» Wir fuhren weiter. «Der Einhänger ist wasserdicht, da kann nichts passieren.“

Gute neunzig Minuten später sind waren wir am Ziel, Leo in seinem neuen Zuhause. Es war schon dunkel, trotzdem ließen wir ihn gleich in den Garten raus. Die Natur forderte ihr Recht und der kleine Mann wässerte ausgiebig den Rasen. Aber zum Inspizieren hatte er keine Lust. Er legte sich dicht an die Teichmauer, da wo ein paar Blätter einer Wasserpflanze rüberhängen.

«Da hat wohl jemand etwas Bammel. Aber das wird schon noch werden. Da bin ich mir ganz sicher.»

«So sehe ich das auch.

«Hallo Leo», sagte Michaela und kraulte ihn freundlich. «Das hier ist jetzt dein neues Zuhause. Ich hoffe, du fühlst dich hier wohl.»

Ich fand, er war recht klein.

«Der wächst ja hoffentlich noch», scherzte ich. Michaela sah mich an, als hätte ich Antennen auf dem Kopf.

Im Wohnzimmer sitzend konnte ich hören, wie Michaela den Wasserhahn aufdrehte und Leos Trinknapf füllte.

«Hier, Leo, komm hier her, hier hast du was zu trinken. Na komm schon, trau dich. Nein? Hast du keinen Durst?»

Ich setzte mich aufs Sofa und nahm mir die Papiere zur Hand. Ein gelbes Heft, Postkartengröße, viele leere Spalten und Kästen. Nur sehr wenige waren ausgefüllt. Geburtsdatum: 29.08.03, Geschlecht: männlich, Rasse: weißer ac Schäferhund, Farbe: weiß. So weit, so gut.

«Hat die Schäferin noch etwas gesagt zu den Untersuchungen gesagt?», rief ich.

"Moment, wir kommen.»

Die beiden kamen ins Wohnzimmer. Leo, schon mutiger, hinterher.

«Er hat getrunken, es hat zwar gedauert, aber dann hat er etwas getrunken.»

«Das ist gut. Hier ist der Ausweis mit den Eintragungen ...»

«Zeig mal.» Michaela nahm sich die Unterlagen und blätterte sie durch. 1Ja, sie hatte mit mir darüber gesprochen. Wir sollten uns einen Tierarzt suchen und den mal fragen.» Aus den Augenwinkeln sah ich wie Leo auf seiner Wanderung durch sein neues Zuhause stehen blieb und sich so halb hinsetzte.

Er wird doch wohl nicht etwa?

Doch, er wird, dachte ich.

Unter ihm wurde es auf einmal nass. Sehr nass.

Hilfe! Unser Hund lief aus. Erstaunlich, wie viel aus so einem kleinen Hund rauskommen kann. Ich stand auf und griff ihn mir.

«Ich geh kurz mit ihm raus. Hol bitte schon mal einen Eimer mit Wasser und einen Lappen. Ich fürchte, das brauchen wir die nächste Zeit öfter mal.» Draußen im Garten dachte der kleine Wohnzimmerpinkler gar nicht mehr ans Pinkeln. Ich setzte ihn auf den Rasen und der Herr zuckelte los und suchte sich was zum Spielen.

«So haben wir nicht gewettet. Du sollst hier was machen und nicht spielen.» Ich beugte mich zu ihm runter und wedelte 'böse' mit dem Zeigefinger. Das faszinierte ihn, er schnupperte mit seiner Nase an meinem Finger rum.

«Ist das alles, was du zu deiner Verteidigung zu sagen hast?«

Statt eine Antwort zu geben, suchte er sich einen kleinen Zweig, legte sich hin und kaute genüsslich darauf rum. Mittlerweile war es wirklich stockdunkel, ein paar Sterne funkelten und es war saukalt.

Ich fror.

«Komm!», rief ich. Keine Reaktion, der Zweig ist wichtiger.

Es blieb kein anderer Ausweg, als Leo zu packen und samt Zweig ins Wohnzimmer zu tragen. Die Pfütze war schon beseitigt. Leo lief munter von einem zum anderen und erkundete weiter die spannende Wohnzimmerumgebung. Das Ästchen von eben war bedeutungslos geworden, die schwarze Knopfnase hatte was Neues entdeckt: Der Zipfel einer Wolldecke hing vom Sofa runter. Genau auf seiner Augenhöhe. Und der Zipfel wackelte so schön. Wir spielten noch eine Weile mit Leo, bis Michaela schließlich der Meinung war, es wäre Zeit mit dem Hund vor die Tür zu gehen. Der Vierbeiner musste nicht mehr 'angezogen' werden. Er hatte sein blaues Halsband noch um. Wie für eine Arktisexpedition angezogen nahm ich ihn auf den Arm und trat an 'zur ersten offiziellen Gassirunde' seines Lebens. Standesgemäß mit farblich passender Leine. Die Stufen waren zu hoch für ihn, da trug ich ihn, den Rest musste er schon selber laufen. Wollte er aber nicht. Und müssen wollte er auch nicht. Ich zupfte an der Leine, er machte zwei, drei Schritte, dann baumelte die Leine vor seiner Nase und schon wurde gespielt, wurde auf der Leine rumgekaut. In diesem Wahnsinnstempo erreichten wir die 30 Meter entfernte Querstraße bereits nach zehn Minuten. Ein junges Pärchen amüsierte sich laut vernehmlich über unsere 'Gehversuche'.

«Leo, das muss anders werden», beschwerte ich mich. «Die Leute lachen schon über uns.»

Eine halbe Stunde später saßen wir wieder im Warmen.

Die Auferstehung eines lange vergessenen Flokatis war heute gekommen. Michaela hatte sich daran erinnert und meinte: «Die kann doch unser Hund als Decke haben. Was meinst du?»

«Sehr gute Idee. Wir kramten ihn hervor und schüttelten ihn ordentlich auf.

«Perfekt!»

«Passt!»

Leo brauchte nur ein paar Minuten um den Flokati zu erobern. Er und der Teppich hatten eine gewisse Ähnlichkeit. Leo lach flach auf dem Teppich und schlief. Die Zeit verging, der Sonntag neigte sich dem Ende entgegen.

«Kommst du auch mit ins Bett?» Michaela sah mich fragend an.

«Nein, ich bleibe heute Nacht hier unten. Ich hole mein Bettzeug und dann mache ich es mir hier gemütlich. Wenn Leo jammert, kann ich ihn trösten, wenn er mal muss und ich das mitbekomme, kann ich ihn raus lassen. Das geht schon.»

«Na gut, dann schlaf gut.»

«Du auch. Küsschen.»

Und tatsächlich wurde ich in der Nacht wach. Leo geisterte unruhig im dunklen Wohnzimmer herum. Schnell schlüpfte ich in meine Gammelhose und zog mir einen Pullover über. Dabei fühlte ich kalte Nässe an meinen Füßen. Wir beide schlichen leise in den Garten. Im Schein der Sterne und des aufgegangenen Mondes sah ich, wie Leo den Garten wässerte. Dann wollte er spielen.

«Nein», flüsterte ich, «jetzt wird geschlafen, ich bin müde.»

Wieder im Wohnzimmer merkte ich schnell: Was ich wollte, stand nicht im Einklang mit dem, was Leo wollte. Schlafen vs. Spielen. Erst musste aber der Sumpf beseitigt werden.

«Und jetzt, Herr Leo, jetzt wird geschlafen.»

Der Versuch Leo auf seinem Schlafplatz zu platzieren, scheiterte. Er tapste durch das Wohnzimmer und ich konnte nicht schlafen. Irgendwann schlief ich richtig ein. Entweder blieb Leo ruhig oder ich hörte ihn nicht. Eine kleine Pfütze, schon fast ganz eingetrocknet, noch mehr Hinterlassenschaften gab es nicht.

«Komm, ich mach dir was zu Futtern.»

Leo freute sich, wedelte mit seinem Schwanz.

Ich wechselte das Trinkwasser und ließ etwas von seinem Futter in den Napf rieseln. Natürlich nicht einfach so frei nach Schnauze, auf der Verpackung stand genau beschrieben, wie viel unser Hund zu bekommen hat. Kein Gramm mehr und auch kein Jota weniger - basta. Friss oder stirb. Klar?

Laut Gebrauchsanweisung auf der Futterpackung hatte unser Hund jedenfalls dreimal am Tag seine Portion zu fressen und dann würde schon ein Prachtkerl aus ihm werden. Ich wog das Zeug ab, was wusste denn ich wie viel das ist, und erhielt so ein Maß nach dem ich mich richten konnte.

«Alles klar? Alles klar. Hau rein, mein Bester. Lass es dir schmecken. Ich geh duschen.»

Und während ich unter der Dusche stand und das Wasser auf meinen Kopf prasselte, kamen mir Bedenken. Was hatte die Züchterin doch noch gesagt? Nach dem Aufstehen, nach dem Fressen oder Trinken, nach dem Spielen müssen die Kleinen raus, sonst geht das in die Hose. Klasse! Und ich stehe unter der Dusche. Ich legte jetzt besser einen Zahn zu, trocknete mich ab und flitzte ins Wohnzimmer um mich anzuziehen. Zu spät: zwei Sümpfe. Und Leo hockte sich da hin und machte einen krummen Rücken. Kein gutes Zeichen.

Nur mit einer Unterhose am Leib griff ich mir den Kleinen, hob ihn hoch - er sah mich ganz erschrocken an - riss die Terrassentür auf und stürmte raus. Auf die allerletzte Sekunde setzte ich ihn im Garten ab und er erledigte sein großes Geschäft. Puh. Wie ich da so stand und ihm zusah, bemerkte ich ein Beißen und Kribbeln an meinen Füßen. Wir hatten offensichtlich Frost, denn alles war mit Raureif überzogen. Vom Duschen noch feucht und nur mit einem Slip bekleidet, wurde mir sehr schnell sehr kalt. Ich sammelte unseren Hund ein und flüchtete ins mittlerweile völlig ausgekühlte Wohnzimmer. Der Tag fing ja gut.

Zu welchen Höchstleitungen Hunde fähig sind, das wissen wir seit Lassie und Rin Tin Tin, den beiden Fernseh – Hunden aus unserer Kindheit. Einer ein Collie, der andere Hund, ein Schäferhund, verstanden sich prächtig mit Ihren Herrchen und noch besser mit den Kindern. Sie erlebten die tollsten Abenteuer, retten einige Menschenleben, waren aber „eben nur Filmhunde", die speziell ausgebildet wurden. Das auch Kleine zu wahrer Größe aufsteigen können beweist die folgende kleine Geschichte.

Ein Schaf-Hüte-Pinscher

... eine wahre Geschichte

(Text und Bild Donata Godlewska)

Mitten in der Eifel

Inmitten vieler grüner Wiesen, Felder und Wälder hüteten ein Schäfer und seine Frau eine kleine Herde Schwarzkopfschafe.

Die Arbeit war alles andere als idyllisch, denn fast jeden zweiten Tag mussten die Schafe auf eine andere Weide umziehen.

Kilometerlang liefen Schafe und Hirte bei Wind und Wetter über verkehrsreiche Landstraßen, aber auch über Wald und Hügel und über sehr unwegsame Strecken entlang.

Der Stress wäre nur halb so groß gewesen, hätte der Schäfer wenigstens gute Hütehunde gehabt, aber seine drei Hündinnen waren keine große Hilfe:

Susi, seine Treiber-Hündin konnte nach zwölf Jahren Arbeit kaum noch laufen.

Linda, die „Furtenläuferin", war bissig und ihre Schwester Cora spielte lieber mit den Schafen.

So wurde jeder Treck eine Tortur, auch wenn seine Frau versuchte die Hundearbeit zu übernehmen.

Wen wundert's, dass der viel geplagte Schäfer immer öfter seine Stammkneipe aufsuchte.

Als er eines Tages wieder sein achthundertvierundzwanzigstes Bier genoss, und trübsinnig vor sich hin starrte, machte sein Freund Peter, der Gastwirt, ihm ein verlockendes Angebot.

„Ich habe einen guten Hund für dich", sagte er freudestrahlend und legte dem Schäfer ein winziges schwarzes Hundebündel in den Arm „Sie heißt Bienchen und wird sicher einmal ein Dobermann!"

Zuhause angekommen schlug seine Frau die Hände über den Kopf zusammen:

"Wir haben doch schon drei Hunde, wir brauchen keinen Vierten!"

„Den bilde ich für die Lämmer aus!", lallte der Schäfer

„Schatz, was sollen wir mit dem Winzling, das ist ein Zwergpinscher!!!"

Die Wochen vergingen und Bienchen war kaum gewachsen, seine Frau sollte Recht behalten, aus Bienchen wurde kein

Dobermann. Das störte den Schäfer wenig, unbeirrt nahm er das winzige Hündchen jeden Tag mit auf die Schafsweide.

Monate vergingen und der Herbstumzug stand bevor. Der Tross der Schafe musste auf die Felder ziehen. Die Schafe sollen dort die stehen gelassenen Stoppeln auf den Feldern abgrasen und Speck für den Winter ansetzen.

Es war eine anstrengende Reise zum Winterlager hin, die Furcht vor dem Chaos lief wieder mit. Der Schäfersfrau graute schon davor.

Doch dieser Marsch wurde anders – die gute Frau glaubte, ihren Augen nicht zu trauen:

Ein kleiner schwarzer Wirbelwind umkreiste die meckernden Wollknäuel!

Schafe, die aus der Reihe tanzten, wurden kurz in die Beine gezwackt; Böcke, die bedrohlich ihre Köpfe senkten, mal eben in die Nase gepitscht, und die Lämmer, die ausreißen wollten, wurden in Windeseile zurückgetrieben. Ja, es war tatsächlich Bienchen!

Mehr als fünfhundert Schafe hatten Respekt … vor einem… kleinen Pinscher!

Besonders heitere Erlebnisse hat man, wie kann es anders ein, mit Welpen. Diese trotteligen, tollpatschigen und neugierigen kleinen Lebewesen bereichern unser Leben. Wie oft ist es um den Verstand geschehen, sieht man die kleinen Knopfaugen, die einen anschauen. Können die unschuldigen kleinen Augen lügen? Ja, das können sie. Hinter ihnen verbirgt sich nämlich nicht nur ein liebenswertes kleines Wesen, nein – die kleinen „Bestien“ können auch eine Familie ins Chaos stürzen.

Familiendrama

(Text & Bild Yvonne Mohr)

Familienhund Lotte macht Barbie den Garaus.

Das Drama ereignete sich heute in den frühen Morgenstunden im Kinderzimmer der kleinen Tochter von Familie M. Barbie wurde offenbar nicht, wie abgesprochen, am Vorabend ordnungsgemäß in deren Verwahrungskiste gelegt und war somit dem Familienhund hoffnungslos ausgeliefert. Die noch sehr junge Hündin Lotte schlich sich in das oben gelegene Kinderzimmer und fand offensichtlich großen Gefallen an den dort herumliegenden Stofftieren. Nachdem sich die Hündin lautlos über einen rosa Plüschteddy hermachte, schien sie von Fräulein Barbie regelrecht angetan gewesen zu sein. Genüsslich kaute sie auf deren Ärmchen herum, bis die kleine Tochter durch die furchtbaren Geräusche des Angriffes aus dem Schlaf gerissen wurde. Die fünfjährige Tochter musste mit ansehen, wie Barbie mit aller Kraft versuchte, ihren Arm vor der Bestie zu schützen. Das in Panik geratene Kind sprang kreischend aus dem Bett und eilte Barbie zur Hilfe. Sie konnte zwar „Schlimmeres" verhindern, aber der Schock saß tief. Der Arm war leider nicht mehr zu retten und dieser Umstand löste bei der kleinen Tochter ein wahres Schrei-Inferno aus. Der Familienhund hatte sich derweilen bereits abgesetzt und kauerte schuldbewusst in seinem Körbchen. Der Redaktion ist an dieser Stelle nicht mitgeteilt worden, ob und wie die Hündin dieses Drama verarbeitet hat. Frau M. ließ uns wissen, dass Barbie noch am frühen Nachmittag im städtischen gelben Sack abtransportiert worden sei und die kleine Tochter derzeit in einer Spieltherapie behandelt werde.

Unfassbar, was sich heutzutage in deutschen Kinderzimmern abspielt. Wir sind in Gedanken bei der Familie und natürlich bei der Hündin, die, wie wir gerade erfahren haben, nichts daraus gelernt hat und sich nur wenige Stunden nach ihrer ersten Tat an Ken zu schaffen machte.

Wir sorgen uns um unsere Tiere, aber sorgt sich unser Hund auch um uns? Vorsicht Ironie: Nicht immer sind die Menschen in der Lage ihr Leben aus eigener Kraft zu gestalten, für sich zu sorgen und Rücksicht auf sich selbst zu nehmen. Dann muss der Hund diese Aufgabe übernehmen und „seinen" Menschen in die richtige Richtung „schubsen". Dabei kann es auch sein, das „Hundchen" den Weg in einen neuen Job ebnet oder vorbereitet.

Nicht ohne meinen Menschen ...

(Text: Petra Nier)

Daisy-Dee war zufrieden mit sich und der Welt. Sie hatte alles im Griff: Die junge Zweibeinerin spielte unter ihrer Aufsicht im Sandkasten, ihre kleinen Freunde tollten um sie und sie, die inzwischen fünfjährige Bernerin, lag entspannt auf der Zufahrt. Schließlich war es ihr wichtig auf die junge Zweibeinerin zu achten. Manchmal vergaß diese im Spiel, dass die Straße doch gar nicht so weit entfernt war; dann müsste Daisy-Dee schnell agieren: Sanft stellte sie sich den Kindern in den Weg, sodass diese umdrehten und wieder im sicheren Hof ihrem Spiel nachgingen. Manchmal streunten die Kinder in die andere Richtung, in den Wald. Dann trottete Daisy-Dee vorsichtshalber mit. Irgendwer muss ja Bescheid geben, falls etwas passierte.

Es kam eine Zeit, da war Frauchen ganz aufgelöst, sagte etwas von weg fahren und wer auf Daisy-Dee aufpassen würde. Der junge Mensch, der Tags zur Ausbildung ging, versicherte gut auf Daisy-Dee zu achten. *Hm ... ausgerechnet er, er war doch selbst noch nicht trocken hinter den Ohren.* Aber Frauchen schien unbedingt weg zu müssen, so blieb Daisy-Dee mit dem jungen Menschen zuhause.

Zum Glück wohnte auch Frauchens beste Freundin im Haus; die Kinder waren befreundet, besagte Freundin war zwar nicht so sehr von Hunden angetan, aber sie mochte Daisy-Dee.

Als Frauchen nun den zweiten Tag weg war, fiel der Freundin auf, wie unglücklich Daisy-Dee aussah. Sie nahm die Leine, die Frauchen extra für diese Zeit bereitgelegt hatte, und brachte Daisy-Dee in ihr Auto. Es roch vertraut nach den Kindern und Daisy-Dee war sicher, dass es zu einem Abenteuer ging. Auch wenn Abenteuer mit Frauchen besser schmeckten - es schien aufregend zu werden.

Beim Aussteigen war Daisy-Dee plötzlich gar nicht mehr so sicher ... es roch alles so fremd, so voll nach Abgasen und Menschen und Müll. Vorsichtig folgte sie Frauchens Freundin. Sie gingen in ein Gebäude, jeder Schritt hallte von den hohen Decken, Geräusche von Autos, Kompressoren und undefinierbaren Menschen wurden ganz dumpf, als sie in ein winziges Zimmer traten und eine automatische Tür hinter ihnen schloss. "Fahrstuhl" nannte Frauchens Freundin das. Der Fahrstuhl öffnete sich wieder und es ging in eine fremde Wohnung; es roch gut nach fremden, zufriedenen Menschen und es gab eine Küche. Die fremden Menschen begrüßten Daisy-Dee verhalten, hier war das "Büro", Hunde gab es hier normalerweise nicht.

Dann kam der Mann herein. Daisy-Dee war sonst mit Männern vorsichtig, sie rochen alle irgendwie nach Streit. Nicht so dieser Mann - er roch freundlich und war zwar etwas unbeholfen, aber wollte Daisy-Dee gern durchs weiche Fell streicheln. Sie wusste sofort, dieser Mann musste gut behütet werden. Also passte sie auf ihn auf; wenn er spazieren gehen wollte, nahm er sie zwar an die Leine, was eindeutig nur dafür da war, dass er sich mit ihr verbunden fühlen musste, da draußen im Großstadtlärm.

Die Woche verging und Daisy-Dee freute sich morgens schon auf den Ausflug, um mit dem Mann, den alle "Chef" nannten, durch die große Stadt zu laufen und gut auf ihn aufzupassen.

Dann war Frauchen plötzlich wieder da. Welche Freude, endlich konnte Daisy-Dee ihr all die neuen Dinge zeigen, die sie mit *Chef* erlebt hatte. Aber Frauchen fuhr nicht mit ihr dort hin. Stattdessen passte Daisy-Dee nun wieder auf die Kinder auf. So ein bisschen besorgt war sie schon, wer wohl auf *Chef* aufpassen würde?

Kurze Zeit später erzählte Frauchens Freundin, dass Chef Daisy-Dee doch sehr vermissen würde. Sie spitzte die weichen Schlappohren: Sollte sie einen neuen Job haben bei *Chef,* das wäre ja klasse! Frauchen musste diesmal mit, unbedingt, schließlich konnte Daisy-Dee sie nicht allein zuhause lassen.

Einen Tag später fuhr Frauchen mit ihr im Auto los, ein Abenteuer mit ungewissem Ziel. Für Daisy-Dee reichte es zu wissen, dass Frauchen da war. Als sie ausstiegen, wusste Daisy-Dee sofort, wo sie waren; die hallenden Gänge, der Fahrstuhl, das Büro und - endlich - *Chef*. Nach ausgiebiger Begrüßung sprachen Frauchen und *Chef* sehr lange miteinander. Was die wohl ausheckten? Als sie sich verabschiedeten, sagte der Chef etwas, was selbst Daisy-Dee das Herz höher schlagen ließ: Frauchen könnte sofort bei ihm zu arbeiten anfangen - unter der Bedingung Daisy-Dee wäre immer dabei!

Und so hatten Frauchen und Daisy-Dee endlich eine neue Aufgabe. Eine fantastische Zeit begann.

Was ist anstrengender als der verlockende Duft einer läufigen Hündin? Je intensiver der Duft der „heißen" Hundedame ist, umso komplizierter, anstrengender und unvorhersehbarer wird der Spaziergang mit dem unkastrierten Rüden. In den rund einundzwanzig Tagen der „Hitzeperiode" wird jeder Gassigang zu einer besonderen Herausforderung und zu einem speziellen Erlebnis. Beim kastrierten Rüden (Jungs, alle mal weghören), ändert sich das Verhalten und das Leben wird entspannter. Im folgenden Fall schildert ein Rüde seine Erlebnisse.

Der Rockstarhund

(Bild & Text Mandy Kämpf)

Ich bin Lenny, der Rockstar aller Hunde aus meinem Viertel. Rund acht Jahre bespaße ich schon meine Umwelt mit viel bunter Knete im Hirn und einem vorlauten Mundwerk.

Meine Herkunft?

Irgendwas zwischen Labrador (sagt meine Chefin), Stafford (meint mein Chef) und Vizsla (schwadroniert der Hundebeauftragte von gegenüber).

Ich fühle mich wie ein Doggen-Terrier. Groß und laut. Die meiste Zeit des Tages verbringe ich mit schlafen, beobachten und Schnauze in die Luft halten. Gefolgt von stundenlangen Spaziergängen, bis meine kleinen Lederslipper glühen.

Außerdem liebe ich kleine und große Naschereien. Gerade so viel, dass ich meine athletische Figur beibehalte und den Ladys stolz meine Muckis präsentieren kann. Das ist wichtig für ein gesundes Liebesleben, denn ich bin noch ein ganzer Kerl. Die Damen fahren reihenweise auf mich ab. Ich habe in jeder Straße mindestens eine Freundin, kleine, große, dicke, dünne. Die duften alle so fantastisch. Doch da bin ich Manns genug, ihnen in erster Linie mein Desinteresse zu zeigen. Leicht zu haben bin ich nämlich nicht. Schwach werde ich nur bei Krauleinheiten an der Brust, meinen Menschen und bei dieser einen, ganz speziellen Hündin.

Meine Menschen sind übrigens der Chef und die Chefin. Der Boss kaspert gern mit mir herum und die Chefin schreibt alle meine Abenteuer auf, damit nichts verloren geht, schließlich ist sie Autorin. Sie kann stundenlang vor ihrem Laptop sitzen und mit den Tasten klappern, als gäbe es kein Morgen. Manchmal ist es meine Aufgabe, sie davon zu erlösen. Dann stupse ich sie mit meiner Schnauze in die Seite, was meist ein spitzes „Huch“ mit sich bringt, gefolgt von einem kurzen Kopftätscheln und dem Versprechen, gleich Gassi zu gehen. Nach weiteren Minuten des Tastenklapperns lecke ich einfach über eine beliebige, unbedeckte Stelle ihres Körpers. Das kann sie nämlich nicht leiden. Das mache ich solange, bis sie ihren silbernen Kasten zu und die Haustür aufklappt. Mit ihr vor die Tür und in den Park zu gehen ist großartig. Ich gehe meistens meines Weges und sie hinterher.

Manchmal wirft sie auch unmotiviert mit meinem Lieblingsball nach mir. Um ihr eine Freude zu bereiten, sammle ich diesen auf und trage ihn bis nachhause. Ballwerfen ist nicht ihre Stärke. Das kann der Chef viel besser. Dafür ist sie ein großes Herz, wenn ich mal wieder Blödsinn angestellt habe. Sie verzeiht ganz schnell, wenn ich sie mit meinem treuen Hundeblick versuche, zu verzaubern. Nur manchmal liegen die Dinge ein wenig anders, immer dann, wenn unsere Kommunikation nicht stimmig ist. Immer dann, wenn die Geschlechterwelten aufeinanderprallen. Doch lasst mich berichten: Leute, ich bin fertig! Die Chefin guckt mich schon die ganze Zeit schräg an, weil ich einfach nicht zur Ruhe komme und ihr in jedes Zimmer hinterher schleiche. Es könnte schließlich sein, dass sie spontan spazieren gehen will. Das darf ich nicht verpassen. Ich muss mit. Manchmal habe ich ein wenig Angst, dass sie mich daheim vergisst und ganz allein auf Wanderschaft geht, zwischen Wiesen, Blumen, Bäumen und Seen. Und umgeben von all den großen, kleinen, dicken, dünnen, alten und jungen Hündinnen, die derzeit so wundervoll duften. Heute Morgen ist uns Lina, eine Rottweiler-Schönheit auf unserer Runde begegnet. Schon von Weitem erschnupperte ich ihr köstliches Odeur, eine erdige Kopfnote, fein abgestimmt mit süßer Wollust. Diese zeigte mir Lina auch direkt, indem sie ihre Rute zur Seite und mir ihr Hinterteil entgegen streckte. Sämtliche Synapsen in meinem kleinen Hundehirn brannten durch – wohl aber nicht die Leine und mein Frauchen – stark wie Popeye - am anderen Ende derer. Mit einem lauten Ratsch rastete meine 10

Meter lange Rollleine, auf 50 cm gekürzt ein. Ich hing vorn strampelnd in der Luft, während meine Pfoten hinten auf dem Asphalt scharrten. Zusammen zappelten wir an Lina vorbei, was nicht nur für sie ein seltsames Bild ergab, sondern auch für den Menschen an ihrer Leine. Der guckte nämlich ähnlich schräg wie die Chefin und hielt reichlich Abstand zu uns. Die nächste Ecke als Sichtzuflucht nehmend, stolperten wir direkt in eine erneute erfreuliche Situation. Also für mich, nicht für die Chefin. Denn dort tippelten uns fröhlich Frau Mutzel, eine zuckersüße Prager-Rattler-Hündin und ihr Frauchen entgegen. Das Frauchen ist die Freundin meiner Menschin, Frau Mutzel ist die meine. Nun könnt ihr euch unserer beider Freude vorstellen, wobei ich meine sehr offen und sehr innig meiner kleinen Freundin gegenüber zeigte, und die Chefin damit beschäftigt war, alle anwesenden Lebewesen aus dem nun entstandenem Leinen-Wirrwarr zu befreien. Klappte nicht ganz, da Frau Mutzel mit mir *Hasch-Mich* spielte und ich bereitwillig ihrem Lockruf folgte. Also dachte ich zumindest, bei den Frauen weiß man ja nie. Dann klemmte sie auch noch ihre Rute zwischen die Beine, sodass meine Aussicht weniger verlockend war, als der Duft, der sie umgab. Hatte sie keine Lust mehr? Ich hielt kurz inne. Das reichte jedoch aus, um Leinen, Menschen und Hunde voneinander zu lösen und die Gunst der Stunde zu nutzen, auf die gegenüberliegende Straßenseite zu flüchten. Meine Chefin rief ihrer Freundin Nettigkeiten zu, während mir Frau Mutzel scheinbar erleichtert von der anderen Straßenseite aus zugrinste. Verstehe einer die Frauen. Vor drei Tagen hatte sie sich mir noch bereitwillig untergeschoben und nun täuschte sie Kopfschmerzen vor. Weiber! In meinem Kopf waberte Nebel und ich trottete hinter meinem Frauchen her. Eigentlich zog sie mich über die Wege bis nachhause, weil ich meine Nase tief in den Staub steckte und jeden Grashalm einzeln beschnüffeln musste. Manchmal schob ich schnell meine Zunge hinterher, um ein wenig von dem Geschmack abzubekommen, den ich verpasst hatte. Das reichte dann auch, mein liebevoll arrangiertes Futter nur kurz anzutesten und es dann beleidigt und von Erde gesättigt stehen zu lassen. Die Chefin schüttelt mit dem Kopf. Ich auch. Wir verstehen uns heute nicht so gut. Wie auch. Sie ist ja ebenfalls ein Mädchen.

Namasté, Euer Rockstarhund

Er gilt als „bester Freund des Menschen", damit verbinden wir das Verhältnis vom Menschen zum Hund, wie wir es empfinden. Wohlgemerkt, immer aus der Sicht des Menschen, weil „wir" es so empfinden. Ob dies in jedem Fall auch dem Hund gerecht wird und ob dieser die Verantwortung auf sich nehmen kann, bleibt dahingestellt. In jedem Fall aber gibt es reichlich Geschichten, in denen unsere Vierbeiner eine ganz besondere Rolle übernehmen. Zum Teil bewusst, aber zum großen Teil auch unbewusst.

Kälte

(Text & Bild: Rex Mama - Herta)

Hmm, das roch gut! Gierig leckte er sich über die Nase und näherte sich vorsichtig dem offen stehenden Fenster. Normalerweise hätte ihm der Pawlow'sche Reflex jetzt das Wasser in dicken Tropfen zwischen die Lefzen getrieben, aber da gab es nichts mehr zu treiben. Zu ausgetrocknet war sein magerer Körper, denn es war kalt, bitterkalt, und alle Pfützen und Lachen zugefroren. Er hatte versucht, ein wenig Schnee zu schlecken, aber das hatte ihm nicht gut getan, er hatte Krämpfe davon bekommen und Durchfall.

Nun musste er unbedingt etwas Fressbares finden. Seit Tagen war sein Magen leer, abgesehen von einem abgenagten

Apfelkitsch, der neben einer Mülltonne gelegen hatte. Die Stadt war sauber, zu sauber, wie sein Mensch oftmals befunden hatte, wenn er sein Geschäft in irgendeiner Ecke erledigt hatte und Benno, sein Mensch, dafür von anderen Menschen beschimpft wurde. Ihnen war es egal, dass Benno alt war, uralt, und dass er mit seinen kaputten Knochen den weiten Weg bis zum Park nicht mehr schaffte.

«Weißt du, Rex», hatte er dann zu ihm gesagt, «man darf ihnen nicht böse sein. Sie sind jung, viel zu jung, um den Krieg und all die schrecklichen Folgen zu kennen. Sie können nicht wissen, wie es ist, lebendig, aber mit zerschundenen Knochen heimzukehren, sein Leben lang Schmerzen zu haben. Sie kennen es einfach nicht ...»

Rex hatte verstanden, was er meinte, wurde er doch selbst vom Rheuma geplagt. Doch nun war Benno nicht mehr bei ihm, er war einfach nicht mehr aufgewacht, und nachdem er tagelang vor seinem Bett gelegen und ihm immer wieder das Gesicht geleckt hatte, waren sie gekommen und hatten mit lautem Krachen die Tür aufgebrochen. Am ganzen Körper bebend hatte er sich in seinem Schrecken den kürzesten Weg nach draußen gesucht – nur weg hier – und war in die dunkle Nacht eingetaucht. Sie hatten ihn gar nicht bemerkt, und auch jetzt hoffte er, unbemerkt zu bleiben, als er näher an das Fenster heranschlich. Verdammt, die dampfenden Plätzchen auf dem Fensterbrett dufteten so verführerisch, dass er sich ein sehnsüchtiges Winseln nicht verkneifen konnte. Prompt öffnete sich mit einem leisen Knarren die Hintertür des Hauses. Eine dicke Frau erschien im Lichtkegel, die ihn in ihrer

Kittelschürze an Martha, seine Menschin, erinnerte. Er hätte jetzt gern mit dem Schwanz gewedelt, aber sie hatten ihm nur einen Stummel gelassen, und so wackelte ersatzweise sein ganzes Hinterteil hin und her, um die Frau zu begrüßen. Doch sie schien sich nicht über seinen Anblick zu freuen, etwas kam geflogen, traf ihn an der Pfote, dass er aufjaulte.

«Dreckiger Straßenköter, dreckiger, machst du, dass fortkommst!» Der Schwall Eiswasser, der folgte, durchnässte sein nur noch kümmerlich vorhandenes, stumpfes Fell bis auf die Haut.

Das war wohl nichts. Sein instinktives Schütteln fiel so kraftlos aus, dass nur drei, vier Tropfen zur Seite spritzten, den Rest des Wassers trug er mit sich zur Straße, die Ohren hängend und das verletzte Bein ängstlich hochgezogen.

Nein, königlich war dieses Leben wahrhaftig nicht mehr. Was mussten sie ihn auch ausgerechnet Rex nennen? Als Benno ihn aus dem Tierheim geholt hatte, stellte er ihn Martha als Rex vor, und sie hatte laut gelacht.

«Benno, mein lieber Mann, was soll denn das? Schau ihn dir doch einmal genau an. Das ist die wüsteste Promenadenmischung, die mir je untergekommen ist. Den kannst du Terry nennen oder Strolch, meinetwegen auch Wuffy, aber doch nicht Rex ... Was sollen denn die Leute sagen?»

«Ist mir doch piepegal», hatte Bruno geantwortet. «Rex, das heißt König, und genauso gut soll es das Tierchen von jetzt an haben. Wer weiß, was er früher erlebt hat. Und die Leute ... weißt du, Martha, die Leute werden bestimmt beeindruckt sein. Stell dir doch nur einmal vor, ich bin mit dem Hund im

Park, ich auf dem Weg, der Hund strolcht durch das Gebüsch, und dann will uns einer was. Ich stoße einen Pfiff aus und rufe: `Rex, fass, und schon ist der Ganove weg ...»

«Jau», grinste Martha, «und mit ihm seine ganze Bande. Für alle Zeiten weg aus der Stadt. Benno und Rex, die Helden, wird es heißen.»

Sie hatten sich noch lange darüber amüsiert, doch von da an war der Name kein Thema mehr zwischen ihnen gewesen.

Was war das für ein Leben damals, bis, na ja, bis Martha sie verlassen hatte, aber auch danach war es noch schön, das Fressen vielleicht nicht mehr ganz so lecker, aber sie hatten fest zusammengehalten und alles, was kam, gemeinsam durchgestanden. Doch nun war auch Benno fort.

Was sollte er nur machen, jetzt, so alleine? Vielleicht der Park? Im Sommer hatten die Menschen dort Tauben gefüttert, und wenn er sich vorwitzig eine der Brotkrumen schnappte, dann hatte Benno geschimpft.

Das war es, er musste den Park wiederfinden. Doch die Stadt war groß, fast alles roch bei der Kälte viel weniger intensiv als sonst.

Auf und ab trottete er durch die hohen, leeren Häuserschluchten, hinkte hierher und humpelte nach dort, sah dabei immer wieder sehnsüchtig zu den warm erleuchteten Fenstern hoch. Drinnen hörte er die Menschen singen: „Ihr Kinderlein, kommet ..."

Da, eine Markierung. Hier teilte ein anderer Hund mit, dass er heute im Park ein Loch gebuddelt habe und dass die anderen Hunde Respekt vor seiner Leistung bezeugt hätten.

Die Richtung stimmte also. Nun aber hurtig. So schnell das auf drei Beinen möglich war, trippelte er weiter, und endlich ... der Park. Ganz weit hinten, am Teich, leuchtete ein riesiger Tannenbaum und zog ihn an wie ein Magnet. Wo Licht war, musste es auch warm sein, doch auf der Bank vor dem Baum, da saß jemand, ein Mann. Vorsicht, nicht dass er wieder einen Tritt kassierte wie von dem Mann, den er heute Morgen anzubetteln versucht hatte.

Doch dieser hier schien in Ordnung zu sein, schien sich sogar zu freuen, als er ihn entdeckte.

«Na, mein Kleiner», brummte er mit heiserer Stimme, «wo kommst du denn so plötzlich her? Will dich auch keiner mehr haben? Bist wohl auch durchs Raster gefallen, was? Wirst bestimmt Hunger haben und Durst, na komm mal her.»

Er begann Rex erstaunlich zart den Kopf zu kraulen, und holte mit der anderen Hand ein sorgfältig in Zeitung gewickeltes Päckchen aus einer alten Plastiktüte.

«Weißt du was, min Lütten, wir beiden werden jetzt fürstlich speisen.»

Er riss ein gutes Stück von dem Brot ab, hielt es Rex vor die Nase und der verschlang es gierig. Hatte er je etwas Besseres gefressen?

Zum Runterspülen teilten sie sich eine Flasche Bier. Hui, wie die Lichter am Baum auf einmal funkelten, und wärmer wurde es auch.

«Ist das nun das Bier oder wird es wirklich wärmer? Wäre ja schön», murmelte der Mann in seinen Zottelbart, dann öffnete er seine grob geflickte Jacke und sagte: «Na komm, mien Lütt, hüpf man rein in die gute Stube, der alte Hauke wird dich wärmen.»

Und wirklich, es war kuschelig, und er roch auch so gut, dieser Mann, fast wie Benno, bevor sie gekommen waren. Was wollte ein Hund mehr?

Rex streckte sich wohlig und gähnte schläfrig. Die ersten Schneeflocken, die sanft zu tanzen begannen und sie wie ein Mantel einhüllten, bemerkte er nicht mehr.

Am nächsten Tag verlas der Nachrichtensprecher des Lokalradios eine kurze Meldung:

Heute, am frühen Morgen, wurden im Stadtpark die leblosen Körper eines Obdachlosen und seines Hundes entdeckt. Die beiden waren in der Heiligen Nacht erfroren. Das Wetter ....“

Kein Mensch weiß, welche Erlebnisse die Straßenhunde in ihren Heimatländern hatten. Man kann die Grausamkeiten, den Kampf um das tägliche Brot und den Stress des Überlebens nur erahnen. Der größte Teil der Straßenhunde landet in Tötungsstationen und kein Mensch erfährt je, was dort passiert. Es gibt aber auch Hunde, die Glück haben, einer davon ist „Tschaika" und in dieser „fast wahren" Geschichte erzählt der Hund aus seinem Leben, auf dem Weg in eine sichere und glückliche Zukunft.

Findelkind

Eine (fast) wahre Geschichte

(Bild & Text: Burkhard Thom)

Der *Newski-Prospekt* in Sankt Petersburg zieht sich durch den gesamten Stadtkern der mit rund 5 Millionen Einwohnern viertgrößten Stadt Europas ist. Gradlinig verläuft die Stadt über drei große Gewässer, unter anderem auch über den Fluss *Moika*. Der Name der Brücke, heute „Grüne Brücke", wurde mehrfach umbenannt, und sie bekam ihren Namen, als man die Ufer mit Granit verkleidete. Etwas tiefer gelegen als der *Newski-Prospekt* ist sie eine kleine Uferstraße, die den Namen Straße wahrlich nicht verdient. Der Fluss stinkt erbärmlich, die trübe dunkle Brühe ist übersät mit Abfall und in den Nischen haben sich Mäuse, Ratten und Vögel einquartiert. An einer Stelle ragt ein ausgedientes Abwasserrohr aus der Granitwand, dreißig Zentimeter über dem Boden, drinnen riecht es nach Kot und Urin, aber es ist trocken und hier wurde ich geboren.

Tschaika, die Möwe, so wurde meine Mutter gerufen, aber das ist lange her. Damals lebte sie noch in einer alten Datscha am Randbezirk von St. Petersburg und ihre Besitzer kümmerten sich um sie. Nach dem Zusammenbruch der Wirtschaft in Russland zogen ihre Herrchen weg und ließen meine Mutter alleine zurück. Die Nächte in dieser Region sind kalt, sehr kalt. Temperaturen unter 20 Grad sind keine Seltenheit und Mama rückte, wie viele andere Hunde auch, näher an die Großstadt heran.

Angezogen von den Lichtern der Stadt, vom Geruch eines Großmarktes, der sich in der Nähe des *Newski- Prospektes* befand, und von ihrem Glauben an die Menschen, die sich doch in der Vergangenheit um sie gekümmert hatten. Warum sollte sie nicht doch einen neuen Menschen finden, der ihr ein Heim geben konnte? Um es kurz zu machen, sie wurde bitter enttäuscht. Die Menschen hatten ihr eigenes Schicksal im Kopf und scherten sich einen Dreck um die magere und zerlumpte Töle, die durch die Straßen streunte. Mama führte einen Kampf ums Überleben. Schon gar nicht hatte sie daran gedacht, dass ihr einziger Kuschelversuch mit einem Rüden, vor ca. anderthalb Monaten, jetzt Folgen haben sollte. Sie strich durch die Straßen, sammelte vergammelte Lebensmittel und durchkämmte leere Wohnungen und den Markt, der nach Feierabend zwar abgeschlossen war, aber durch ein Gitter kam sie hindurch.

Gut 9 Wochen nach ihrem Sexabenteuer verkroch sie sich in dem Abfallrohr und brachte fünf Welpen zur Welt. Zwei meiner Geschwister kamen tot zur Welt, ihre kleinen Körper waren im Körper von Mama verhungert. Meine Mutter schnappte sich die Kadaver und trug sie aus dem Rohr ins Freie. Dort blieben sie liegen und die Ratten bemächtigten sich ihrer.

In den ersten Wochen waren wir meist allein, ich, mein Bruder und mein Schwesterchen. Wir drei kuschelten uns aneinander und gaben uns Wärme, sofern das bei den eisigen Temperaturen möglich war. Olga und Sascha, so hatte ich die beiden Geschwister genannt, meine Mama hatte sich nicht die Mühe der Namensgebung gemacht. Ich wartete täglich auf die Rückkehr von Mama, die versuchte, etwas Essbares zu finden und uns zu ernähren. Immer auf der Hut vor Hundefängern und vor allem vor Artgenossen, die ebenfalls nach Fressen suchten und dabei nicht zimperlich miteinander umgingen. Mich hatten meine Geschwister *Lyov* getauft, diesen Namen, der auf Deutsch der Löwe bedeutet, habe ich noch heute. Eines Tages, wir lagen mit knurrenden Mägen auf einer alten Pappe im Rohr, hörten wir draußen laute Geräusche. Schwere Stiefel trampelten auf den Boden, laute Stimmen brüllten etwas, was wir aber nicht verstanden, und der Lärm eines Motors dröhnte in unser Rohr.

Ich blinzelte vorsichtig nach draußen, meine beiden Geschwister waren zu schwach, um aufzustehen. In unmittelbarer Nähe sah ich unsere Mama, sie hatte etwas im Maul, kam auf unsere Unterkunft zu. Sie hatte die Männer, es waren Hundefänger, nicht gesehen.

Sie kam immer näher und bemerkte nicht, dass einer der Männer mit einer Schlinge hinter ihr herging und von hinten eine Schlinge über ihren Kopf warf. Er zog zu und es war zu spät, sie war gefangen. Der Mann riss an der langen Stange, an der die Schlinge befestigt war, nahm ihr die Luft, warf sie zu Boden und schmiss sie dann mit einem großen Schwung in den Wagen, dessen Tür hinten geöffnet war. Sie jaulte schmerzerfüllt auf und knallte mit dem Rücken gegen ein Gitter. Die Tür schlug zu und es wurde still.

Ich winselte laut und wollte zu ihr, wollte ihr helfen, da entdeckte der Mann auch mich. Angsterfüllt von dem, was ich gesehen hatte, rannte ich zu meinen Geschwistern und wollte ihnen erzählen, was mit Mama passiert war. Der Hundefänger griff nach mir, streckte seinen Arm in das Rohr, später stocherte er mit dem Schlingenstock im Dunklen der Röhre. Schnell verstand ich, warum Mama uns so weit nach hinten gebracht hatte. Wir waren weit weg vom Eingang und die Männer konnten uns nicht erreichen. Kurze Zeit später ließen sie von uns ab, wir hörten den LKW wegfahren und weinten still vor uns hin. Jetzt waren wir auf uns allein gestellt und täglich suchten wir nach etwas Essbarem. Wir waren ja klein und niedlich, die Menschen auf dem *Prospekt* fütterten uns mit altem Brot, schimmeliger Wurst oder gammeligem Käse. Uns war es egal, für uns war nur wichtig, dass der leere Magen gefüllt wurde. Jeden Abend aber versammelten wir uns in „unserem“ Rohr und weinten gemeinsam um unsere Mama. Wir haben sie nie wieder gesehen, hofften aber immer noch, dass sie eines Tages zurückkäme. Aber es wurde noch schlimmer, denn Olga kehrte eines Tages auch nicht mehr zurück.

Ein anderer Hund, ein Straßenköter wie wir, hatte gesehen, wie sie von einem Auto erfasst wurde und zu Tode kam. Wir trauerten um sie, aber der Hunger trieb uns immer wieder in die Stadt. Klar hatten wir Angst, wir vermieden mit Menschen in Kontakt zu kommen, suchten verzweifelt nach Nahrung und nur in der Nähe von Mülleimern wurden wir manchmal fündig. Aber es reichte vorne und hinten nicht. Unsere Kräfte schwanden, wir magerten ab und unsere Ausflüge auf der Suche nach Nahrung wurden unregelmäßiger, seltener und schließlich konnten wir nicht mehr laufen.

Sascha und ich waren unmittelbar am Eingang des Rohres eingeschlafen, uns war alles egal. Wir fühlten uns müde, kaputt und wir versuchten, uns gegenseitig zu wärmen. Wir bekamen nicht mehr mit, was um uns herum geschah. Es wurde dunkel um uns herum und in unseren Köpfen.

Um mich herum war alles matschig, glitschig und es stank erbärmlich. Ich versuchte mich zu bewegen, es ging nicht. Ich war irgendwie eingesperrt, konnte mich nicht rühren und bekam kaum Luft. Da, von oben fiel Licht auf mich. Ich hörte Stimmen und eine Hand ergriff mich. Ich wollte mich wehren, wollte nach der Hand schnappen; aber ich hatte keine Kraft.

Es war eine junge Frau, die meinen Bruder und mich aus der Mülltonne zog. Man hatte uns am Rohreingang gefunden, für tot gehalten und in einer Mülltonne „entsorgt". Offensichtlich hatten wir beide vor uns hin geweint, das hatte die junge Frau gehört und die Mülltonne geöffnet.

Jetzt hielt sie uns beide am Nacken gepackt ins Licht und sprach mit ihrem Begleiter. Sascha und ich hatten Angst. Würde sie uns jetzt töten? Würde sie uns schlagen? Was machte sie mit uns?

Wir wussten es nicht, wir hatten keine Ahnung, was mit uns passieren würde. Neben dem großen Hungergefühl lähmte auch die Angst unsere Bewegungen. Wie ein nasses Stück Wäsche hingen wir in ihren Händen, die Augen fast zu und unsere geschundenen Körper hingen schlaff herab. Wieder sprach die Frau mit ihrem Begleiter. Wir landeten im Kofferraum eines Autos und es wurde wieder dunkel um uns. Es schaukelte mächtig, wir konnten uns nicht auf den Beinen halten und purzelten in der Dunkelheit hin und her. Plötzlich stoppte der Wagen und durch das Bremsen knallten wir mit den Köpfen gegen die Rückwand. Was passierte jetzt?

Der Kofferraum öffnete sich und es wurde hell. Ehe wir uns versahen, griff die Frau in unsere Nacken, hob uns hoch und stellte uns auf den Boden. Wir konnten nicht stehen und fielen um. Ich versuchte aufzustehen und sah, dass auch Sascha den Versuch unternahm. Er plumpste genauso auf den Hintern wie ich. Im Licht der Lampe sahen wir zwei weitere Frauen und im Hintergrund eine Reihe von Käfigen. In ihnen saßen viele unserer Artgenossen und bellten laut. Teilweise aggressiv, teilweise verzweifelt, ein paar aber auch durchaus fröhlich. Wo waren wir? Mama hatte uns mal von Versuchslaboren erzählt. Hier wurden Hunde gequält. Sie sprach auch von Menschen, die Hunde aßen, waren wir in einer Hundemetzgerei gelandet?

Nein, so war es nicht: Das erste Mal in unserem Leben hatten wir Glück. Die junge Frau hatte uns in ein Tierheim gebracht und wir hatten noch einmal Glück. Es war eines von drei Tierheimen, die mit einer deutschen Organisation zusammenarbeiten. Das alles wusste ich zu diesem Zeitpunkt noch nicht, aber es war mir auch egal. Wir kamen (zusammen) in einen Käfig, wurden zum ersten Mal in unserem Leben gebadet und bekamen etwas zu essen. Ich wusste, dass die Sache einen Haken hatte, denn kurz darauf kam ein Mann in einem weißen Kittel, packte mich und rammte mit mehrfach Nadeln in den Hintern. Sascha quiekte wie ein Spanferkelchen, als der Mann das Gleiche mit ihm machte. Die anderen Hunde erzählten uns später, dass man so etwas Impfen und Vorsorge nennt. Mir war es egal.

Es gab etwas zu essen, es war warm und wir hatten andere Hunde, mit denen wir reden konnten. Sascha und ich nahmen etwas zu und es gab noch etwas, was ich nicht verstand. Wir bekamen wiederum eine Spritze und es wurde noch einmal dunkel um uns. Als wir wach wurden, hatte ich zwischen den Hinterläufen einen dicken Verband, den ich sofort untersuchen wollte. Ging aber nicht, denn ein dicker Plastikkragen hinderte mich daran. Später erfuhr ich, dass ich nicht mehr Vater, sondern maximal Onkel werden konnte. Ach ja, Onkel ging auch nicht mehr, denn Saschas Hoden blieben ebenfalls auf der Strecke.

Um die Geschichte etwas abzukürzen, die Organisation „Hundehilfe Russland" machte Fotos von uns und vermittelte uns an ein Tierheim in Deutschland. Vier Wochen nach unserem Auffinden in der Mülltonne landeten wir in Köln auf dem Flughafen, von dort ging es weiter in ein Tierheim.

Sascha und ich waren kräftig geworden, aber die Angst und die Unsicherheit waren noch größer geworden. Wir vertrauten niemandem mehr. Ich zog mich in der großen Käfiganlage weit zurück. Niemanden ließ ich an mich heran. Es gab nur eine Person, die es schaffte, mir ein Halsband umzulegen und mich daran zu gewöhnen. Ich wollte alleine sein, Sascha saß im Nachbarkäfig, Manchmal weinten wir gemeinsam um unsere Mama und unser Leben. Jetzt saßen wir hier, wie sollte es weitergehen?

Immer wieder kamen Menschen, versuchten uns an das Gitter zu locken und uns zu streicheln. Ich biss sie alle weg und versteckte mich im hinteren Bereich. Das Interesse der Menschen schrumpfte von Tag zu Tag, es kamen immer weniger Leute zu unseren Käfigen. Dann aber passierte eine ganz besondere Geschichte.

Ein Mann und eine Frau blieben vor unserem Käfig stehen. Sie tuschelten miteinander, verstehen konnte ich nichts. Sie gingen weiter, kamen zurück und ich wurde angeleint. Ich wehrte mich nach Kräften, die Pfleger zogen ab.

Aber sie kamen wieder.

Sie brachten sogar kleine Menschen mit, einen Jungen und ein Mädchen. Ich beäugte sie vorsichtig. Sie kamen in meinen Käfig und setzten sich. Sie machten nichts, sie saßen einfach nur da. Manchmal legten sie sich auch hin, es sah aus, als ob sie schliefen. Ich rutschte schon mal rüber, um sie zu riechen oder anzustupsen, denn schließlich war das ja meine Box. Sie kamen jetzt täglich. Mal zu zweit, mal zu dritt oder alle zusammen. Eigentlich waren sie gar nicht so übel. Sie ließen mich in Ruhe, brachten schon mal Leckerchen mit und dafür ließ ich mich schon mal kraulen. Irgendwie waren sie sogar ganz nett und nach sechs Wochen ließ ich mich dann, natürlich nur als Dankeschön, auch mal ausführen. Wir gingen spazieren. Das war etwas, was ich noch nie gemacht hatte. Sie wurden jetzt begleitet von einem anderen Mann, der nannte sich Hundetrainer und mit ihm zusammen gewöhnten sich die Familie und ich aneinander.

Nach fast einem halben Jahr war es dann so weit, ich hatte sie so weit, zumindest dachte ich es so, ich hatte sie im Griff. Sie wollten mich mitnehmen, ein Weg in die Freiheit stand bevor. Bestimmt würden sie mich irgendwo laufen lassen, sodass ich mein freies Leben wieder genießen konnte. Wir fuhren mit einem Auto in einen großen Garten. Ausgestiegen und erst einmal alles beschnuppert. Tolle Gegend, großer Zaun, kein Entkommen. Ich legte mich erst einmal in die Sonne und überlegte die nächsten Maßnahmen. Abends gab es eine große Schale mit frischem Futter und ganz sauberem Wasser.

Drinnen bekam ich ein großes und weiches Kissen. Am nächsten Morgen gab es Frühstück, wie in einem der großen Hotels auf dem *Newski-Prospekt*. Na ja, man kann ja mal abwarten, abhauen kann ich immer noch.

Wochen zogen ins Land, ich gewöhnte mich an die Menschen und als Dankeschön bekam ich Leckerlis, Streicheleinheiten und der Gedanke an Flucht „verflüchtigte" sich. Selbst meinen Bruder Sascha vergaß ich eine Zeit, bis ich hörte, dass auch er adoptiert wurde und es ihm ebenfalls gut ging.

Mein Leben verlief jetzt in geordneten Bahnen, ich fühle mich wohl und möchte hier nicht mehr weg.

Manchmal, aber wirklich nur ganz selten, denke ich an meine Schwester Olga, an Mama und an die Zeit auf der Straße. Das passiert meistens, wenn ich schlafe, und dann wundern sich meine Menschen, warum sich meine Beine im Traum bewegen, ich jaule oder am ganzen Körper zittere.

Heute weiß ich, dass meine Menschen mich lieben und ich hier bleiben kann, bis ich eines Tages sterbe, aber bis dahin ist noch ganz viel Zeit.

Ich bin ihnen so dankbar, dass sie das Findelkind aufgenommen haben.

Würden wir unsere Hunde nicht so sehr lieben, manchmal geht uns ihre „Klugscheißerei" auch gänzlich gegen den Strich. Unser Hund gehorcht aufs Wort, nur den Zeitpunkt bestimmt er selbst oder er hört genau zu, aber leider hinterfragt er immer wieder den Sinn der Befehle und Vorgaben. So oder ähnlich ziehen wir uns aus der Situation, wenn „fremde Menschen" uns auf den Ungehorsam oder die Sturheit unseres Hausgenossen ansprechen. So haben Hunde auch im Urlaub eine andere Sicht auf die Dinge.

Auf in den Urlaub oder wat is Watt

(Text und Bild: Paul Neuenhofer)

Hallo, ich bin´s wieder, „DER AARON". Ihr kennt mich ja schon, wenn nicht: Ich bin ein Bouvier des Flandres,

ein Rüde. Geboren im Dezember 2013.

Heute erzähl ich mal zwei kleine Geschichten zum Thema Urlaub.

Aber jetzt mal ganz von vorn.

Kennt Ihr auch so Leute, die schon viel gereist sind? Kommt die Rede auf Lissabon, sagen Sie sofort:

Lissabon: eine tolle Stadt, der weltberühmte Aufzug: Elevador de Santa Justa,

Palma de Mallorca: kein Problem, hier ein paar Tipps. Berlin: Der Tierpark ist toll.

Barcelona: Auf der Rambla kann man Stunden verbringen,

Funchal auf Madeira: Die Markthalle, die ist ein MUSS,

Cadiz, die schönste Stadt der Welt usw. usw. usw.!

So, welche sind meine Tütenträger?

Tja und jetzt fahren wir alle in den Urlaub und Ihr könnt den Ort nie erraten?

Nix Paris, nix London, Tokio oder vielleicht Prag,

„Nein“ wir fahren nach? NA?

! BURHAVE !

Ihr kennt BURHAVE nicht. Nein? Genau, keine Fellnase kennt BURHAVE und doch fahren wir hin!!

Habe dann meinen zweien mal zugehört, kommt ja nicht oft vor! Also Burhave liegt wohl auf einer Landzunge zwischen Wilhelmshaven und Bremerhaven, an einem großen See, der nennt sich „Nordsee“.

Also nichts wie hin. Circa drei Stunden Autofahrt und schon sind wir da. Einchecken und Haus in Besitz nehmen. Tolles Ferienhaus muss ich mal sagen, erst mal überall herumschnüffeln und sich heimisch fühlen. Das Haus ist super, wurde von meinen Tütenträgern gut ausgesucht. Hier gefällt es mir.

Jetzt erst mal die Gegend erkunden. Ganz schön plattes Land hier. Ich wohne ja in Wesel am Niederrhein. Kennt doch jeder, oder? („Wie heißt der Bürgermeister von Wesel“. Echo auf Wesel, na? Genau!!) Bei uns sagt man, die Landschaft ist so flach und die Verwandtschaft ist schon zu sehen, wenn sie noch einen Tag entfernt ist.

Aber *hier* ist es nicht flach, sondern platt und man sieht die Verwandtschaft schon eine Woche vorher.

Na ja, dann erkunden wir mal den Nordseestrand. Also los! Meine beiden Tütenträger immer an der Leine hinterher, auf zum Baden.«Hallo!! Wo ist denn der Strand?»

Na gut, es gibt eine große Hundewiese, die ist absolut toll. Aber Strand? Kein Strand! Wo ist denn der große See, die Nordsee? Kein See, also auch kein Wasser weit und breit. Wo soll ich denn schwimmen und im Wasser toben?

Da sind noch andere Fellnasen, aber die kennen sich auch nicht aus. Wie auch, wenn man nur bei seinen Dosenöffnern im Strandkorb kuschelt und sich verwöhnen lässt. He, da kommt ein Einheimischer, ist ein Husky, egal, Hauptsache man kann mit ihm auf der Wiese toben und das machen wir. Dann rennt er los. «Hallo, wo rennst du denn hin?», rufe ich. «Ins Watt!». Ich versteh nur wat? Wat is Watt? Nichts wie hinterher. Jetzt weiß ich, wat Watt is!

Watt ist Schlamm und Schlamm ist super!

So, und nun kommen wir zum zweiten Teil meiner Urlaubsgeschichte!

Mein Ausflug ins Watt!

Also wir waren mal wieder am „Strand" und meine beiden hatten einen Strandkorb gemietet. Wie üblich war mal wieder nichts los, absolut nichts!! Rumhängen war angesagt. Keine Fellnase weit und breit zum Spielen.

Nach gefühlten 10 Stunden wurde der Paul aktiv und nahm sich meiner an. Wir spielten etwas auf der Wiese, doch ich war immer noch an einer langen Leine.

Dann hatte der Paul einen Geistesblitz und eine geniale Idee. Auf ging es zu einem Stück zwischen Wiese und Watt, er machte mich jetzt von der Leine los und ich konnte richtig toben. War das ein Spaß!

Natürlich kam jetzt die Ulrike ins Spiel. Sie fing an mit Paul zu diskutieren, ob das eine gute Idee sei und so. Na ja, dachte ich mir, während die beiden noch quatschen, suche ich mal die Nordsee. Denn die war mal wieder nicht zu sehen und es kümmert sich ja eh keiner um mich. Also auf zur Suche, rein ins Watt, denn irgendwo muss die blöde See ja sein. Nachdem ich schon ein Stück gelaufen war, hörte ich meinen Namen und drehte mich um. Ulrike und Paul kamen hinter mir her, Super! Ulrike fuchtelte freudig mit den Armen und rief irgendwas, keine Ahnung, was sie wollte. War das ein Spaß, durchs Watt zu rennen, ich schaute mich um, na ja, die Schnellsten waren die beiden nicht. Da, eine Gruppe Zweibeiner, die waren wohl auch auf der Suche nach der Nordsee, aber die waren mir auch zu langsam. Also weiter. Wieder drehte ich mich um. Na, wo bleiben die beiden denn nur? Langsam hatte ich auch keine Lust mehr zu suchen und außerdem sank ich immer tiefer in diesem Modder ein und es wurde immer schwieriger für mich voranzukommen. Jetzt hörte ich einen Pfiff. Ach nee, die beiden hatten auch keine Lust mehr. Na gut, dann eben wieder zurück. Ich also wieder zurück an der Gruppe Zweibeiner vorbei, da wollte doch tatsächlich einer mit mir Fangen spielen, dazu hatte ich jetzt keine Lust mehr und lief zurück zur Wiese. Ulrike kam jetzt auch schon angelaufen, ihr glaubt es kaum, jetzt wollte sie auch noch Fangen spielen und ich hatte doch gar keine Lust mehr, denn ich war über und über mit Schlamm bedeckt und der war nicht nur schwer, sondern jetzt auch richtig klebrig. Also ließ ich mich fangen, damit die Ulrike ihr Erfolgserlebnis hatte. Was denn jetzt? Sie zog mich unter eine Dusche, aha, der Schlamm sollte ab. Ulrike dachte mit! *Fellnase, doch nicht mit diesem kalten Wasser, brrrrr.*

Na ja, jedenfalls hatte Ulrike keine Lust mehr auf Sonnenbaden und dem Paul waren seine Badelatschen durch die Wattwanderung verloren gegangen, so musste er barfuß zur Ferienwohnung zurückgehen.

Auf der Straße fing er an zu jammern, wie heiß es an seinen Füßen sei. Hallo! Was soll ich denn sagen, ich laufe ständig barfuß durch die Gegend. Nachdem der Paul gemerkt hat, wie heiß die Straßen und die Gehwege im Sommer werden können, laufen sie mit mir, wo es geht, auf den Grünflächen.

Sollten Eure Tütenträger, *Streichelomaten*, Dosenöffner usw. auch mal dran denken.

Ach ja, ist ja wieder typisch, wenn es interessant wird, haben meine Tütenträger keinen Fotoapparat zur Hand. Also keine Bilder meiner Wattwanderung.

Den Weg einer Auswahl des zu uns passenden Hundes haben wir beschrieben. Es gibt aber auch Fälle, in denen sich das Herz erst ganz langsam öffnet, traurig schöne Momente, die man einfach zulassen muss. Das sind die Augenblicke, in denen der Verstand aussetzt und das Herz die Entscheidung trifft. Es entwickelt sich etwas und ein Seelenhund findet den Weg zum Herzen. Meist entwickelt sich daraus eine ganz besondere Beziehung.

Ins kalte Wasser

(Text & Bild: Silke Schön)

«Herrlich», denkt Mirja und schaut genüsslich zu, wie die kalten Regentropfen an ihr Küchenfenster prasseln. Sie ist stets positiv, das hat sie sich so angewöhnt. «Dass ich bei diesem Wetter nicht raus in die Kälte muss, ist wirklich ein positiver Nebeneffekt.« Mirja nimmt einen Schluck ihres heißen Tees. Nachdenklich schaut sie auf den Platz, an dem früher Ninis Wassernapf stand. Nini war ihre geliebte Mischlingshündin. Mirja nennt sie ihren Seelenhund. Ob es so etwas gibt? Oder ist jeder ihr anvertraute Hund ihr Seelenhund? «Falls es besondere Verbindungen gibt», denkt Mirja, «wird Nini vielleicht wiedergeboren?» Schon irrwitzig, was man sich manchmal so zurecht denkt. Mirja und Nini waren 10

Jahre ein enges Team. Dann musste Nini gehen. Sie hatte unerträgliche Schmerzen. Die letzten Tage waren geprägt von Mirjas Wissen, dass es besser ist, Nini von ihrem Leiden zu erlösen. Und dem unausweichlichen Flehen ihres Herzens, einfach alles zu ignorieren. Ihr Herz hat verloren. Das ist drei Monate her.

Mirja steht auf. Reichlich verspannt ist sie in letzter Zeit. «Klar, es ist ja auch Winter, da bewegt man sich weniger.» Wenn Mirja ehrlich zu sich ist, weiß sie instinktiv, dass sie keinen Antrieb hat. Nini hat sie rausgezogen, bei Wind und Wetter. So machen das Hunde. Nini brachte Mirja regelmäßig an ihre Grenzen. Nicht wenige Male hätte Mirja ihren Nini-Hund am liebsten umgetauscht. Aber gegen Seelenhunde ist kein Kraut gewachsen. Also standen Mirja und Nini jedes kleine und große Problem durch. Gemeinsam.

«Nini ist tot. Kein Hund kann sie ersetzen!» Das schrie Mirja ihrer Schwester ins Telefon, als diese reichlich emotionslos anmerkte, dass sie sich ja nun einen neuen Hund holen könne. Einen, der freundlich ist und funktioniert. Es war nicht immer einfach mit Nini. Ein wirklich verrückter, unsicherer und angstaggressiver Hund. Aber – eben ihr Seelenhund. Mirjas Schwester hat sich nie viel aus Hunden gemacht. *Was weiß sie schon davon?*

Plötzlich klingelt es. Mirja dehnt sich auf dem Weg zur Tür. *Wirklich übel, diese Verspannungen.* Als sie öffnet, steht ihre Schwester da. Ungläubig starrt Mirja nach unten. Sie versteht gar nichts. Nur „Hä?" geht ihr durch den Kopf.

Vor ihr steht Nini. Nicht die echte Nini, das funktioniert nur im Film. Nein, es ist ein Hund, der fast genauso aussieht wie Nini. Die fast genauso schaut wie Nini. Mirja kämpft mit den Tränen. «Hier, Mirja. Ich weiß, es ist irre, aber ich habe diese Hündin auf Facebook bei einer Tierschutzorganisation gesehen. Sie hat nicht viel Gutes erlebt. Dieser kleine Hund hat mich so an Nini erinnert. Ich konnte nicht anders! Doof, oder? Also, ich habe da auch noch Hundefutter mitgebracht, und eine neue Leine, Du willst doch bestimmt eine neue ...», plappert Mirjas Schwester drauflos. Mirja steht da wie angewurzelt. Krampfhaft versucht sie, ihre Gedanken zu sortieren. «Ein Hund wie Nini? Was will meine Schwester mit einem Hund? Sie hat keine Ahnung von Hunden!»

Ihre Schwester schaut Mirja gespannt an. Vermutlich erwartet sie ein lautes Hurra und Jubelschreie. Doch Mirja sagt nichts. Langsam wird ihre Schwester ungeduldig. «Und, wie findest du sie?», fragt sie neugierig. Da traut sich Mirja erst, die Hündin genauer anzuschauen. Sie hat ähnliches Fell wie Nini. Die Zeichnung ist anders, diese hier hat eine weiße Pfote. Ihre Beine sind etwas länger. Ihre Augen schauen weise und gleichzeitig sehr ängstlich ins Haus hinein. Mirja wehrt sich gegen ihre Gefühle. *«Nicht noch so ein Hund. Kein Angsthund mehr. Nein, diesmal möchte ich einen netten Hund. Einen, den ich ableinen kann, der freundlich ist zu allen Hunden und Menschen, der spielen will ...»* Ihre Schwester erklärt weiter. «Sie heißt Talula, ist 2 Jahre alt und wurde aus einer Tötungsstation gerettet.» *Talula.* Mirja bemerkt wohlig und auch erschreckt, dass ihr Herz sich öffnet. Sie hockt sich langsam hin. Talula weicht zurück. Mirja kennt das. Sie bleibt still in der Hocke und wartet. Auch ihre Schwester verhält sich erstaunlich ruhig. Talula tastet sich vor. Da ist er, der erste Kontakt.

Mirjas Verstand wurde in dem Moment überstimmt und ihr Herz hat gewonnen. Sie weiß es nun aus tiefstem Herzen. Es gibt Seelenhunde. Auch mehrere.

Mirja springt mit Talula ins kalte Wasser.

Außer Labrador und Golden Retriever kenne ich keinen Hund, der sich gerne mit Wasser beschäftigt. Ich rede jetzt nicht vom Schwimmen, sondern von Regenwasser und dem darauf unmittelbar folgenden Bad in der Badewanne, schön shampooniert und anschließend mit leichter Wärme „trocken geföhnt". Sie hassen es, unter der Dusche zu stehen, sie hassen das Shampoo und erst recht hassen sie das Geräusch des Föhns. Aber leider ist auch der in den meisten Fällen unumgänglich.

Die Badewannenballerina

(Text: Jasmin Sachse)

Irgendwie dachte ich ja, Jagdhunde mögen Wasser. Bisher kannte ich auch nur Hunde, allesamt Retriever, die wirklich begeistert vom Schwimmen waren und keine Pfütze ausließen, um zu plantschen.

Seit ich meine Dackel habe, weiß ich allerdings, dass nicht jeder Hund gern nass wird, und schon gar nicht ein Dackel.

Allein schon Regen finden meine Hunde schrecklich. Als tiefer gelegter Hund ist man auch bei leichtem Regen sofort klitschnass, vor allem die kritischste Stelle: der Bauch. Lucy ist sowieso überzeugt, Regen ist gefährlich! Sie ist aus Zucker und wird sofort schmelzen! Also legt sie sich dann einfach hin und weigert sich zu laufen. Seit sie einen eigenen Regenmantel besitzt, ist zumindest Gassigehen möglich, aber sie verzieht ihr Gesicht zu einer einzigen anklagenden Leidensmiene.

Buddy ist kein Minidackel wie sie, findet Regen aber genauso doof. Aus irgendeinem Grund kann er nämlich im Regen kein Geschäft machen.

Eines Tages hat er es sich so lange verkniffen, bis wir wieder im trockenen Flur waren, wo er dann voller Erleichterung einen schönen *Brownie* abstellte. Natürlich begegnete uns, als ich am Schimpfen und Fluchen war und Bud noch glücklich hockte, ausgerechnet die Nachbarin, die Hunde am wenigsten leiden mochte.

Den Flur haben wir danach zwar desinfiziert und gewischt, trotzdem bedachte sie Bud seitdem mit ein wenig Skepsis im Blick, wenn wir das Haus bei Regenwetter betreten. Aber welcher Hund kann es schon leiden, von oben betröpfelt zu werden?

Wasser macht nur beim Schwimmen Spaß!

Seen, Flüsse und andere Badestellen, in die sich unser Labradorkumpel rein wirft, interessieren Buddy und Lucy nicht besonders, sie laufen bis zur Brust hinein, und das ist mit solch kurzen Beinen nicht sehr weit.

An sehr heißen Tagen kommt es dennoch manchmal dazu, dass Buddy schwimmt, allerdings muss er dazu auch in der richtigen Stimmung sein.

Was aber beide Dackel richtig hassen, ist ein Bad als Reinigungsmaßnahme. Weil sie so klein sind, kann man sie sogar im Waschbecken waschen, wo sie dann mit einem leidenden Blick ausharren, bis es vorbei ist.

Man kann also sagen, nass werden und meine Dackel sind keine Freunde, in welcher Form auch immer.

Es war an einem Abend nach einem anstrengenden Tag, als ich mir ein entspannendes Bad gönnte. Buddy war noch klein und folgte mir neugierig ins Badezimmer, konnte aber nicht verstehen, was ich denn da machte.

War das vielleicht ein neues lustiges Spiel?

Bestimmt, dachte er sich wohl, denn spielen konnte man als junger Hund schließlich mit allem.

Die Wanne kannte er nur im leeren Zustand und hatte nicht mitbekommen, wie ich das Wasser eingelassen hatte. Nun interessierte es Bud natürlich gewaltig, wo das Frauchen denn nun war und mit einem einzigen mächtigen Satz sprang er auf den Wannenrand.

Das alles dauerte nur einen Sekundenbruchteil: Bud landete grazil wie eine Katze auf dem schmalen Rand, stand dort auf allen vier Pfoten und schaute in die Badewanne.

Was er erblickte, war Wasser. Viel Wasser!

In seinem Gesicht konnte man das blanke Entsetzen ablesen, es erschien ihm klüger, sein Heil in der Flucht zu suchen.

Noch im Schwung seines Sprunges drehte er sich auf seinen Pfoten in einer anmutigen Pirouette, landete auf sicherem Boden und galoppierte mit wehenden Ohren davon.

Sind unsere Asphaltpiranhas aber erst einmal in der Familie angekommen, haben sich ihren Platz erobert, dann gibt es kein Halten mehr. Da wird ausgetestet, wie weit man gehen kann, wie ernst es Herrchen meint und warum Frauchen dann letztlich doch nachgibt (oder nicht). Eigensinnig sind sie irgendwie alle, ganz unabhängig von der Rasse. Wie bei kleinen Kindern sind Regeln angebracht, die man aber auch einhalten (können) muss, wie das folgende Beispiel zeigt.

Pfingstsonntag - Ein Bad in der Erft mit Felix

(Text & Bild: Christiane Lövenich)

Kennt Ihr das Gefühl, wenn euer Hund Euch die Leine aus der Hand nimmt und meint, er wäre der Chef?

Und ausgerechnet an einem Tag, an dem Du dieses Machoverhalten überhaupt nicht gebrauchen kannst?

Ich kenne es auch, er hat es mir mehrfach vermittelt, dieses Gefühl.

Es war an einem Pfingstsonntag, mein Bruder hatte sich mit seiner Familie angekündigt, das heißt das volle Programm, Mittagessen, Kaffee und Kuchen, Abendbrot.

Nicht wie gewöhnlich schlüpfte ich in meine Sportklamotten, sondern zog mich - wie es ja sein soll - feiertagstauglich an.

Es war warm und nach dem Frühstück stand Felix, unser drittes Kind mit Fellkleid schon voller Elan im Flur und hopste mit Vorfreude auf das, was ihn erwartete, vor mir auf und ab.

Unser morgendlicher Ausflug war das Highlight des Tages.

Also bewaffneten wir uns mit der Leine und seinem Bällchen und zogen los.

Voller Stolz *prollierte* er mit seinem Ball im Maul an der Erft vorbei und machte sich sein Späßchen daraus, mir den Ball vor die Füße zu legen und kurz bevor ich ihn nehmen wollte, wieder wegzuschnappen.

Anscheinend war nicht nur Wasser im Napf, er war total durchgeknallt.

Davon schon etwas genervt kamen wir dann endlich an unserer Wiese an und ich ließ ihn ordentlich rennen, er sollte ja schließlich merken, wer hier der Chef ist und dass er mich ziemlich geärgert hat.

Ich hatte die Zeit im Nacken, da wir ja noch Besuch bekamen, und wollte nun weiter nachhause gehen.

Da hatte ich aber die Rechnung ohne meinen Felix gemacht. Er rannte mit seinem Bällchen im Maul die Böschung zur Erft hinunter, ließ es ins Wasser fallen und schwamm hinterher. Nach dem Motto: Wenn du mich so hetzt, brauche ich eine Abkühlung.

Dieses Spiel spielte er von *Bergheim Kenten* bis zur *Zieverischer Christuskirche*, das bedeutet ungefähr 500 Meter.

Auf mein Rufen oder mein Anpirschen am Ufer reagierte er sofort, indem er direkt zur anderen Seite schwamm.

Ich kam einfach nicht an ihn heran.

Er schwamm wie eine *Nutria* und vielleicht dachte er ja, er wäre eine.

Am Ufer liegt auch ein Kanuverein, nur unweit vom Eingang zur Kirche und ich habe mir dann Folgendes überlegt: «Wenn du jetzt nicht reagierst, dann rennt dieses nasse matschbeschmierte Jack-Russel-Monster schnurstracks in die Sonntagsmesse!»

Also zog ich meinen neuen Jeansrock hoch und stieg mit meiner weißen Sonn- und Feiertagsbluse bis zur Hüfte in die Erft.

Erst da verstand ich meinen Hund; es war in der Tat eine Abkühlung.

Ich zog ihn am Schwanz aus dem Wasser und latschte in quietschenden Schuhen und in einem vom Schlamm des Wassers khaki gefärbten Kostüm mit ihm nachhause.

Das Gesprächsthema für diesen Tag war absolut gesichert und unser Felix lag in der Ecke und grinste mich an. Dieses Gefühl vermittelte er mir auf jeden Fall.

Einen Besuch beim Tierarzt, empfinden unsere Vierbeiner völlig unterschiedlich. OK, wenn ich wüsste, dass mir gleich die Kronjuwelen entnommen würden, ich würde auch nicht ruhig bleiben. Aber in den meisten Fällen wissen unsere Rüden das nicht, kommen also völlig relaxed in das Wartezimmer. Aber es geht ja nicht immer um „das Wertvollste", im Wartezimmer erleben wir die interessantesten Gespräche.

Anekdötchen aus der Tierarztpraxis

(Text &Bild: Sara Vucica)

Es gibt solche Tage, an denen man dahin muss, möchte oder sollte.

Warum auch immer … Ich sitze also nebst Hund im Wartezimmer.

Mit angenehmem Abstand zu allen anderen anwesenden Tieren, einer hübschen bunten Mischung aus Katzen, Nagern und anderen Hunden.

Ich mag den Abstand, wir sind ja beim Tierarzt und mir fallen gleich so einige gute Gründe ein, warum man sich nicht näher kennenlernen bräuchte.

Zu allererst mal wäre da Ansteckung eine ziemlich simple Einstiegsbegründung.

Der eine oder andere der Anwesenden schlottert vor Angst. Sei es, weil man sich vor dem Tierarzt fürchtet, oder aber auch, weil Hasi und Miezekatze sich schlicht vor dem fünfunddreißig Kilo schweren Jagdhund neben sich fürchten, auch wenn man wohlig in einer Box sitzt.

Mal so aus Perspektive Hasi und Co könnte ich mir vorstellen, dass man sich da fühlt wie in dem Kochtopf eines Kannibalen.

Und noch ein Grund ist: Wir haben echt genug Freunde.

Ich mag Menschen, mit und ohne Tiere, aber wir haben echt genug Freunde.

Zurück zum Thema.

Nun sitzen wir, also Herr Sams und ich, nun da, ich betone an dieser Stelle noch einmal, im Wartezimmer einer Tierarztpraxis, und warten. Eine Dame mit einem äußerst lustigen Exemplar eines Hundes - nennen wir das Hundetier einfach Fräulein Fröhlich - betritt die Praxis.

Nachdem dann Fräulein Fröhlich erst mal alles, was Hund und nicht Hund ist, im Wartezimmer an der zehn-m- Flexileine begrüßen, bespaßen, bespielen und zu Tode erschrecken durfte, steuert es rasant auf uns zu … sehr witzig und gut gelaunt ... aber, wie bereits gesagt, wir haben genug Freunde.

Was dann folgte, war echt bühnenreif.

Nur mal "Hallo" sagen ...

mein unausgesprochener Gedanke:

Cool! Es kann reden! Hut ab. Kann meiner nicht. Wie geht das?

Ich, echt höflich: «Bitte nicht.»

Sie: «Nicht?»

Ich, immer noch höflich: «NEIN! Bitte nicht!»

Sie: «Wieso?»

Ich beende den Dialog, vermutlich mit einem Ausdruck eines Fragezeichens im Gesicht.

Dann beginnt ein Zwiegespräch zwischen der Dame und Fräulein Fröhlich, was mich innerlich die Praxis vor Lachen zusammenbrüllen ließ.

«Nein. Da kannst Du nicht hin. Das müssen wir nicht verstehen. Nein, Du brauchst nicht zu jammern. Alles wird gut. Du kannst nichts dafür. Das musst Du jetzt AKZEPTIEREN!»

Ich hoffe von Herzen, dass das arme Tier keine bleibenden psychischen Schäden davongetragen hat, weil WIR es so ausgegrenzt haben, und dass es noch viele neue Freunde findet.

Vielleicht nicht unbedingt in der Tierarztpraxis, aber es gibt ja noch andere schöne Orte, wo Hund und Mensch Anschluss finden können.

Hunde aus dem Tierschutz werden, in den meisten Fällen kurz nach der „Einreise" durch einen Tierarzt begutachtet und untersucht. Das übernehmen oft die Tierschutzorganisationen, es gibt aber auch Fälle, in denen der neue Besitzer sich um das Wohl seines Lieblings kümmern muss. Insbesondere wenn der Hund selbst mitgebracht wurde und nicht sichergestellt ist, ob der Vierbeiner sich „legal" im Land befindet. Bei „Paolo" war der sogenannte Mittelmeercheck fällig.

Tierarztbesuch, die Erste …

(Bild & Text: Antonietta Matteo)

Kaum hatten wir Paolo ein paar Tage bei uns, war schon der erste Tierarztbesuch fällig.

Wir hatten einen Floh entdeckt. *Uääh*! War ich begeistert! Floh abgezupft, Hund gepackt und ab zum Tierarzt damit. Wir waren schon sehr gespannt, wie er dort reagieren würde in seiner ganzen Ängstlichkeit. Aber glücklicherweise gibt es dort nicht so viele Versteckmöglichkeiten. Am liebsten verschwindet er nämlich unter irgendwelchen Tischen, Stühlen und wo man sich sonst noch so verkriechen könnte, wenn möglich. Doch er hat die Untersuchung inklusive Wiegen anstandslos über sich ergehen lassen. Auftropfen des Flohmittels ging auch.

Aber dann kam's, zumindest für uns: Die Tierärztin machte uns darauf aufmerksam, dass wir in so ca. einem halben Jahr, also ungefähr Anfang Juni, noch einmal den *Mittelmeercheck* durchführen lassen müssten. Denn erst nach diesem Zeitraum ist es möglich, festzustellen, ob der Hund irgendwelche Krankheiten von dort mitgebracht hat bzw. sich angesteckt hat.

Du denkst also, du holst dir einen Hund ins Haus, dann wird es, obwohl erst einmal so gar nicht beabsichtigt, ein Tierschutzhund. Und wie es halt so ist im Leben, findet sich der Hund schneller als gedacht und Zeit, sich vorher vielleicht genauer über alles zu informieren, was mit so einem Hund auf einen zukommen kann, bleibt da natürlich nicht. Und ernsthaft, wenn du nicht zu den Menschen gehörst, die sich sowieso ständig mit Auslandstierschutz befassen, dann ist dir einfach nicht bewusst, was da so alles dranhängt. Obwohl du ja „nur" einen Hund willst. Der ja schließlich auch dort vom Tierarzt gecheckt, geimpft, entwurmt und gechippt wurde. Da in diesen Pflegestellen, im Ausland genauso wie hier, wohl ständig neue Tiere ankommen, ist die Ansteckungsgefahr sehr groß, was z. B. Giardien oder Kokzidien betrifft (mit denen haben wir auch schon Bekanntschaft gemacht!). Sicherlich gibt es da auch noch andere Parasiten, innerlich wie äußerlich. Deshalb wollen sie natürlich die Hunde so schnell wie möglich an Mann und Frau bringen, bevor eine neue „Ladung" eintrifft. So bei uns auch der Fall.

Und Informationen von denen? Bekommst du nicht. Alles ist bestens. Dabei hatten wir uns die Organisation schon genauer angesehen und hatten auch einen guten Eindruck. Das relativiert sich dann aber ganz schnell. Denn sie wollen die Hunde ja weitervermitteln, und wenn sie dich über die ganzen Probleme informieren würden, die sie aus Erfahrung ja kennen müssten, würdest du es dir vielleicht zweimal überlegen, ob du dich darauf einlassen willst oder nicht.

Jetzt sind wir schlauer. Vielleicht würde ich mich das nächste Mal genauer mit der Materie auseinandersetzen, was das eigentlich bedeutet, wenn du so ein Tierchen bei dir aufnimmst. Aber ... ich würde es wieder tun. So stressig die Zeit anfangs war und es ist immer noch nicht alles gut, wir bereuen nicht, uns genau für diesen Hund entschieden zu haben. Ach ja, und im Übrigen ist Paolo gesund – er hat keine Krankheiten mitgebracht, denn den Mittelmeercheck haben wir natürlich machen lassen.

Es wurde viel über das Verhalten unserer Hunde geschrieben. Grundsätzlich kann man sagen: Der Rüde markiert auf einem Gassigang mehrfach und ausgiebig, die Hündin kommt oft schon mit einem Pipi über die Runden. Sie ist anspruchsloser, dies bietet insbesondere an Regentagen für beide, für Hund und Herrchen, gewisse Vorteile. Die Hündin ist schnell wieder drin, der Rüde, wenn er dann mal draußen ist, lässt sich Zeit.

Gibt es aber Regeln für die Gassi–Gänge?

Frau Waus Gassiregeln

(Text & Bild: Ingrid Maria Heuser)

Gassigehregel No. 1: - Laufe vor großen Geschäften sehr sorgfältig konzentrische Kreise ins Gras. Und zwar an mindestens drei verschiedenen Stellen.

Gassigehregel No. 2: - Egal, wie sehr du vorher fiepst, dass du rausmusst – lass dir draußen vorm Pieseln erst mal ausgiebig Zeit zum Schnüffeln.

Gassigehregel No. 3: - Zeige deinem Menschen den Weg zum Zen: „Wenn dein Mensch es eilig hat, hilf ihm und übe ihn in gelassener Langsamkeit.“

Gassigehregel No. 4: - Behalte unerschöpfliche *„Drüberpieselreserven"* in deiner Blase. Es ist egal, dass du a) kastriert und b) ein Mädchen bist.

Gassigehregel No. 5: - Wenn du über die Markierung eines Mithundes pieselst, hebe das Bein. Auch dabei ist es egal, dass du ein Mädchen bist.

Gassigehregel No. 6: - Such erst mal die dreckigste und abgestandenste Pfütze von allen und sauf sie leer. Leitungswasser ist was für Katzen.

Gassigehregel No. 7: - Wenn du riechst, dass du gleich humorlosen Menschen begegnest, vergiss sofort alles, was du an Benehmen trainiert hast.

Gassigehregel No. 8: - Im Dunkel treibendes Herbstlaub ist in Wirklichkeit ein gefährlicher Feind. Sämtliche Gassiakte sind sofort auszusetzen.

Gassigehregel No. 9: - Laufe an der Leine ab & zu auch mal blitzschnell Haken wie ein Hase, damit dein Mensch lernt, seine Füße zu koordinieren.

Gassigehregel No. 10: - Als Hütehund darfst du auf keinen Fall zulassen, dass ein Teil deiner Menschenherde zurückbleibt oder vorausgeht.

Gassigehregel No. 11: - Wälze dich grundsätzlich nur an Stellen, die dich nachhaltig mit für Menschen indiskutablen Duftnoten parfümieren.

Gassigehregel No. 12: - Musst du vor einer Bäckerei warten, bleib nicht einfach liegen, sondern robbe zentimeterweise den Köstlichkeiten näher.

Gassigehregel No. 13: - Synchronisiere niemals deinen *Ichmussmalkalender* mit dem Terminkalender deines Menschen.

Gassigehregel No. 14: - Akzeptiere nie den erstbesten Platz, um dein Geschäft zu verrichten. Teste vorher gründlich alle Kuhlen und Gebüsche.

Gassigehregel No. 15: - Nach dem Pieseln ist vor dem Pieseln. Die Welt will gleichmäßig gedüngt werden.

Gassigehregel No. 16: - Noch mal: Den Menschen wegen *Pieseldringlichkeit* aus der Wanne oder aus einem wichtigen Telefonat wegzujapsen, ist kein Grund, draußen nicht erst mal ausgiebig zu schnüffeln.

Gassigehregel No. 17: - Verkünde den erfolgreichen Abschluss deiner Geschäfte durch per Hinterbeinantrieb feuerwerksartig fliegende Grasbüschel.

Gassigehregel No. 18: - Bleibe bei jedem – JEDEM! – Grashalm stehen, sein Geruchscode könnte eine Geheimbotschaft zur Weltrettung enthalten.

Gassigehregel No. 19: - Menschen sind toll. Beschnuppere unaufgefordert jedes dir unterwegs begegnende Exemplar aufs Gründlichste.

Gassigehregel No. 20: - Lass dir nach der Heimkehr erst, wenn der Mensch die Schuhe ausgezogen hat, einfallen, dass du das Pieseln vergessen hast.

Bei einer durchschnittlichen Lebenserwartung für Hunde von 10 -13 Jahren, von Größe und Rasse abhängig, bleibt ein „Abschiednehmen" nicht aus. Am Ende unserer kleinen Sammlung werden wir behutsam auf dieses Thema zurückkommen, aber mit dem Abschied ist, wie man es in einer der vorherigen Geschichten lesen konnte, der Gedanke an einen neuen Lebenspartner mit Fell nur schwer zu denken. „Dieser Hund" war der Einzige und mit „Sicherheit" der letzte Hund, den man sich zulegte. Der treue Freund, den man niemals ersetzen kann und SOLL. Einen Ersatz gibt es nicht, wohl aber ein „neues Glück", wenn man die folgende Geschichte liest.

Einmal im Leben

(Text & Bild: Katja Breuer)

Als ich Sammy auf seinem letzten Weg begleitete, flüsterte ich ihm zu, dass man nur einmal im Leben so ein Glück mit einem Hund haben kann, und ich ihm dafür dankte, dass er unsere Familie so sehr bereichert hat und mir ein treuer Freund war. Und obwohl es nun schon mehr als 5 Jahre her ist, seit mein Sammy starb, tropfen immer noch die Tränen, wenn ich an ihn denke.

Die Pfotenabdrücke, die er hinterließ, waren riesengroß und in meinem Herzen tief. Wie sollte also ein anderes Tier seinen Platz einnehmen? Wie ungerecht wäre ich, wenn ich das ‚neue' Tier mit dem *Über-Hund* Sammy vergleichen würde, selbst wenn ich es nicht wollte? Nun hatte ich zweimal Glück gehabt, dass die Hunde, die bei uns einzogen, so wunderbar zu uns passten – ein drittes Mal würde ich das Schicksal nicht herausfordern.

Meinen Wunsch, irgendwann einmal einen charakterstarken, souveränen und wunderschönen Dobermann zu bekommen, hatte ich ja mit Sammys Einzug längst begraben.

Ich hatte gelernt, dass es nicht auf die Rasse ankommt, auf die Länge des Fells oder auf die Farbe – und ich hätte alle Dobermänner der Welt nicht gegen einen Sammy eintauschen wollen …

Das Thema *Hund* sollte nach Sammy nun definitiv nicht mehr angesprochen werden. Außerdem hatte ich ja noch Freddy, Sammys besten Kumpel, der meiner Freundin aus der Nachbarschaft gehört. Freddy, ein kleiner *Lastrami-Hund* (Landstraßen-Mix), ein bisschen Terrier, ein bisschen Mops, ein bisschen Katze, trauerte mit mir um Sammy, denn sein großer Freund hatte ihm immerhin das Bellen beigebracht und ihn beschützt und mit ihm nach Mäusen gebuddelt und … Na ja, alles, was Hunde an sich eben so lieben.

Bei jedem Spaziergang, der an unserer Haustür vorbeiging, schaute Freddy zu uns rüber und hoffte, dass Sammy doch nur mal eben ‚Moin' sagt (wir im Norden sagen immer ‚Moin' – auch abends - und die Hunde auch!).

Jedes Mal, wenn ich Freddy beim Spaziergang anhalten und sehnsüchtig nach Sammy Ausschau halten sah, stiegen die Tränen hoch und ließen sich nur sehr, sehr schwer zurückhalten. Wehe, es sagt in meinem Beisein noch einmal jemand, dass Tiere nicht trauern können – WEHE!

Ziemlich oft macht die Arbeit im Tierschutz einem einen Strich durch die Rechnung – sei es, weil man sich für den Tag X lange im Voraus etwas vorgenommen hat und dann ein Katzenkind in jämmerlichem Zustand gebracht wird oder man seit Jahren keinen Urlaub mehr machen kann, weil man ja niemandem zumuten will (oder zutraut?), so viele Tiere zu versorgen – und überhaupt: Wir wohnen doch da, wo andere Leute scharenweise Urlaub machen!

Oder, wenn man dann erzählt bekommt, dass dort wieder ein Tier in Not ist, wo man doch gerade gar keine Kapazitäten mehr hat.

Und wenn das dann dazu führt, dass Vorsätze so schändlich hintertrieben werden, dann … dann … dann – kriegen wir einen neuen Hund!

Und so kam *Belana* zu uns, die eigentlich Hazel hieß und aus einer Hochhauswohnung von einer Alkoholikerin kam. Dieser Hund war 13 Monate alt und kannte nichts. Sie hatte Angst vor Männern, vor Frauen, vor kleinen Räumen, vor dem Staubsauger, vor … Ich glaube, es wäre einfacher aufzuzählen, wovor *Belana* keine Angst hatte: Und das waren Katzen und Artgenossen!

Aber Belana war ein Dobermädchen. Selbst die Zigaretten-Stempel im Fell, das ihr wie ein loser Sack über dem knochigen Skelett hing, ließen sie nicht hässlich wirken. Die Rute bis unter das Kinn eingezogen, den hübschen Kopf immer abgewendet, bei jedem Geräusch zusammenzuckend – was für eine Aufgabe und was für ein Bild des Jammers!

Als ich *Belana* abholte, sprang sie nicht – wie ich es gewohnt war – freudig ins Auto. Sie musste gezwungen werden, was mir ob ihres Anblickes dabei fast das Herz brach. Es dauerte ca. vier Wochen geduldigen Übens und einige Dosen Katzenfutter, bis *Belana* freiwillig ins Auto sprang – und da waren wir noch nicht einen Meter gefahren! Für die weiteren Auto-Übungen bedachte ich das goldene M mit einer Bemerkung in meinem Nachtgebet, weil man dort Hühnerfilet im Angebot hatte, das *Belana* dann bekam, wenn sie mit mir, ohne sich einzunässen, dorthin fuhr. Wir arbeiteten intensiv und geduldig, ich zeigte ihr unsere Welt, die sie so sehr einschüchterte, dass sie unaufhörlich schuppte, wenn wir Neues erlebten. Sie war schnell überfordert – wie ich auch – doch wir blieben am Ball!

Mein ängstliches Hundemädchen war nur dann glücklich, wenn sie Katzenbabys bemuttern konnte – ungeduldig trieb sie mich beim Füttern an, damit sie den Rest der Baby-Pflege übernehmen konnte. Und so lernte sie das Kommando ‚warte!'.

Wenn ich die Boxen säuberte, durfte *Belana* die Winzlinge sauber lecken – so lernte sie ‚platz!', um die Kitten zwischen ihren großen Pfoten zu bemuttern.

Ging ich ein weiteres Katzenkind holen, hörte sie auf ‚bleib!' – kurz gesagt: Wir hatten die etwas andere Art der Hundeerziehung erfunden.

Belana ist nur dann entspannt, wenn sie zuhause ist oder ohne Leine laufen darf. Letzteres wiederum ist unentspannt für unsere Umwelt, denn ein freilaufender Dobermann löst eigentlich überall ein merkwürdiges Symptom aus: Luftanhalten und große Augen, dabei stocksteifes Stehenbleiben und den wilden Rundumblick nach Hilfe! Also können wir uns nur dort frei bewegen, wo andere Urlaub machen: am Strand! Nein, bitte versteht es nicht falsch: Ich bin nicht sadistisch veranlagt! Ich meine, wir fahren dann an die See, wenn niemand sonst mehr da ist! Und dafür haben wir uns auch ein Wohnmobil zugelegt, weil *Belana* ein Auto mit uns darin als Vergrößerung des Zuhauses angenommen hat.

So können wir die frühen Morgen- und späten Abendstunden dazu nutzen, dass *Belana* auch außerhalb des Gartenzaunes entspannt und glücklich ist – wenn wir garantiert keine Menschen treffen, die Angst vor unserem Hasenfuß haben.

Ein Mensch hatte jedoch vor ihr noch nie Angst und *Belana* wartet jeden Tag auf sie: unsere Postbotin! Zwischen den beiden ist eine echte Freundschaft entstanden, die bestimmt nicht nur auf die guten Leckerchen zurückzuführen ist, die Ilona immer dabei hat!

Aus Spaß sage ich immer, dass ich genau weiß – würde bei uns mal eingebrochen - wo ich den Täter zu suchen hätte. *Belana* würde sie vielleicht absabbern, aber nicht verbellen!

Mein Dobermädchen ist so ganz anders, als ich mir meinen Wunsch-Hund gebastelt hätte – aber sie ist perfekt für uns, weil wir uns bemühen, perfekt für sie zu sein.

Trotz ihres Vorlebens ist sie ein ehrlicher, zugänglicher und lernfreudiger Hund, der mir jeden Tag aufs Neue zeigt, wie gut ich mich auf sie verlassen kann, wenn ich ihr vertraue. Sie kann blödeln wie ein Welpe, hat Freddy auch als Freund adoptiert, ist mir wie alle Hunde zuvor eine große Hilfe bei den Katzen und meine Freundin, die mich dann zur Weißglut treiben kann, wenn sie Katzenfutter klaut. Aber wer achtet schon auf solche Kleinigkeiten?

Auch, dass sie die Katzenklos leert, ist vielleicht nur ihr guter Wille, ihren Aufgabenbereich auszuweiten – freiwillig! – was will man mehr?!

Und wenn sie sich in ihrem Sessel auf die Größe einer Katze zusammenrollt, eine vorwitzige Katze an der einen, einen kleinen Kater auf der anderen Seite, lässt dieses Bild mein Herz ganz weich werden – und ich weiß: Einmal im Leben kann immer wieder vorkommen!

Zu jedem großen Film, zu jeder großen Geschichte gehört ein FINALE. In den meisten Fällen handelt es sich dabei um ein „Happy End", die Erfüllung der großen Liebe oder um den ganz großen Augenblick im Leben.

Unsere letzte Geschichte hat mich selbst zu Herzen gerührt und dennoch bezeichne ich sie als das große Finale unseres Buches. Das, was uns Menschen (derzeit) verwehrt wird, was sich aber viele von uns wünschen, wenn sie alt, schwach und kränklich sind, das wird hier in beeindruckender Weise dargestellt.

Abschied

(Text :Horst Knoblich)

5. Dezember 2012, 5:00 Uhr morgens, mein Wecker klingelt.

Ich mag nicht aufstehen. Schon deshalb nicht, weil ich kaum geschlafen habe. Erst sehr spät in der Nacht bin ich weggedämmert. Immer wieder wurde ich wach. Ich mag nicht aufstehen, weil ich weiß, was kommt. Ich will nicht, ich kann nicht und doch - ich muss. Muss loslassen, darf nicht egoistisch sein, muss Frieden machen.

Ziemlich niedergeschlagen gehe ich duschen, ziehe mich an.

«Leo? Leo, mein Alter, wo bist du?»

Ich fülle seine Wasserschale mit frischem Wasser, fülle seine Futterschale mit seinem Futter.

Nein, heute Morgen bekommst du was Schönes, heute soll es dir schmecken.

Das Futter kommt wieder in seinen Eimer zurück. Vor mir steht die Dose mit den Leckerlis. Ich greife rein, zwei Hände voll landen laut klappernd in Leos Napf. Ein Ei noch oben drauf und zwei Scheiben Käse zusätzlich. Ach was, drei Scheiben.

Leo kommt langsam in die Küche. Er humpelt wieder sehr stark, schleift sein linkes Hinterbein nach. Ich gehe in die Hocke und stelle ihm seine Näpfe bereit. Er kommt zu mir, freut sich, schnuffelt und leckt mir am Ohr rum. Wie immer, wenn er darf und kann. Leo beginnt zu futtern und ich bleibe hocken, sehe ihm zu, streichele ihn, knuddele ihm sein rechtes Ohr.

«Mein Kleiner, lass es dir schmecken», flüstere ich.

Kein Krümel bleibt zurück.

«Komm, lass uns gehen.»

Ich nehme meine Jacke vom Geländerknauf und öffne die Tür. Leo quält sich sehr langsam zur Treppe, wartet, sieht sich um, geht mit den Vorderbeinen die beiden Stufen runter, die Hinterbeine zieht er hinter sich her, fast, als würden sie ihm nicht gehören, taumelt, ich kann ihn gerade noch halten.

Das letzte Mal.

Unser Auto steht mal wieder nicht vor der Tür, wir müssen dreißig Meter oder so gehen, bis wir da sind. Ich mache die Heckklappe auf, Leo kommt mit schweren Schritten an, das linke Bein wie einen Fremdkörper hinter sich her schleifend, die Pfote blutet wieder.

Wie immer muss er links von mir ins Auto einsteigen. Keine Ahnung, was das immer soll. Er steigt einfach nicht rechts von mir ein, macht er nicht. Manchmal ist das schon nervig, zum Beispiel wenn es regnet, und er erst umständlich in einem großen Bogen um mich herum eiert und dann erst die eine Pfote, dann eventuell die andere Pfote in den Kofferraum bequemt. Mehr auch nicht. Seinen Hintern muss ich immer reinwuchten. Bei trockenem Wetter ist das ok, ist der Herr aber nass und schmutzig. Ich danke recht schön.

Heute Morgen ist es trocken, trocken, aber kalt. Leo hebt anstandslos erst das eine, dann das andere Bein ins Auto. Den Rest besorge ich. Er lässt sich einfach fallen, trotz der Schmerzen. Ich schließe die Klappe hinter ihm und steige ins Auto.

«Was hältst du von einer schönen großen Runde durch den Wald, mein Dicker?»

Natürlich erwarte ich keine Antwort.

«Nur so weit du willst. Versprochen.»

Wie er kann, verbessere ich mich in Gedanken.

Wir kommen am Wald an. Leo steigt aus. Langsam beginnen wir unsere Runde. Stockdunkel ist es hier. 5:40 Uhr. Leo folgt mir, so gut er kann. Morgens ist es immer am schlimmsten, da kann er besonders schlecht laufen, die Hinterbeine wollen so gar nicht. Er schnuffelt an den altbekannten Bäumen. Wir schleichen vorwärts, ich bleibe stehen, Leo kommt und stellt sich zwischen meine Beine. Das macht er immer, wenn er sich verstecken will oder Michaela und mir nahe sein will. Ich streichele ihn, der Kloß im Hals wird größer. Zwei Schritte weiter bricht er hinten einfach runter. Ich gehe zu ihm zurück und helfe ihm hoch. Er sieht mich so traurig an. (Wahrscheinlich bilde ich mir das nur ein.)

Schweren Herzens beenden wir unsere Runde.

«Komm, Leo, komm, wir gehen noch ins Büro. Wir haben noch Zeit.»

Wie jeden Morgen, so auch heute starte ich alle Geräte und Computer, die ich normalerweise so brauche. Dann sitze ich blöde vor dem Bildschirm und starre ihn an. Ich versuche die Arbeit zu beginnen, sehe, wie sich Leo auf seinen Stammplatz quält.

Konzentration kommt nicht auf, nichts ergibt einen Sinn. Auch das unruhige Hin- und Herlaufen im Büro bringt nichts. Die Arbeit kann mich mal. Es gibt Wichtigeres. Die letzten Stunden will ich für Leo da sein. Ich setze mich zu ihm auf den Boden und lege einfach nur meine Hand auf seine Schulter. Seine Nase berührt meinen Oberschenkel. Der feuchte warme Atem färbt an der Stelle meine Hose dunkel.

Ich muss heulen, ich habe Angst vor dem, was da kommt. Meine Blase drückt, Leo hat Durst.

«Hier, mein Dicker», murmele ich und gebe ihm einen großen Schluck Milch. Leo schlabbert gerne Milch. Wann immer ich mir einen Cappuccino gemacht habe, hat auch er einen Schluck Milch bekommen. Die zweite Schale fülle ich mit Wasser. Das Wasser bleibt unberührt zurück.

Ein Blick auf die Uhr lässt mein Herz gefrieren: 7:17 Uhr. Um diese Zeit startet immer meine Lieblingscomedy ‚Frühstück bei Stefanie' im Radio. Heute natürlich auch, nur heute kann ich es nicht ertragen, ich schalte das Radio aus.

Das Handy in der Hand überlege ich, wie ich jetzt Andreas beibringe, dass ich heute nicht mitkomme. Der Handybildschirm erlischt wieder und wieder. Ich weiß einfach nicht, was ich schreiben oder sagen soll.

Um 7:26 Uhr sende ich Andreas eine SMS: ‚Hi. Ich bin schon unterwegs. Leo ist den ganzen Tag versorgt. Bis später.' Mir fehlte der Mut, Andreas die Wahrheit zu sagen, er hätte mich sicherlich angerufen und versucht mich zur Umkehr zu überreden.

Wir müssen uns jetzt beeilen. Ich will ihm nicht begegnen. Die Möglichkeit ist gering, da er meist um zehn vor acht kommt, aber manchmal auch früher.

«Wir müssen los.»

Leo quält sich hoch und sieht sich um, sucht seinen Ball. Er kennt das ja: Wir drehen schon mal eine Runde vorweg und mit Andreas und Lara dann nochmal eine. Und da ist der Ball immer dabei.

«Den Ball brauchen wir nicht, mein Schatz.»

Gehorsam legt er ihn wieder ab und kommt hinter mir her. Ich helfe ihm ein letztes Mal in das Auto und wir fahren los. Ganz langsam, wir haben ja Zeit und wir müssen nicht früher da sein als unbedingt nötig.

7:52 Uhr, der Motor verstummt, wir stehen auf dem Parkplatz vom Baumarkt. Da parken wir immer, genau wie alle anderen, die auch zum Tierarzt wollen oder müssen. Ich öffne die Klappe und Leo sieht sich um, genau wie immer. Den Parkplatz hier kennt er und das bedeutet für ihn in den meisten Fällen, dass es irgendwo wehtut oder gleich unangenehm zwicken und zwacken wird. Schon nach dem zweiten Arztbesuch wollte er hier nicht mehr aussteigen. Da halfen wirklich nur gutes Zureden und Locken.

Heute sieht er sich um und steigt beinahe gleich aus. Die Leine liegt im Auto, da liegt sie immer, und ich lege sie ihm an. Andere Hundebesitzer sehen in uns Konkurrenz und beeilen sich vor uns an die Anmeldung zu gelangen. Uninteressant.

7:56 Uhr, wir stehen vor dem Anmeldetresen. Eine Sprechstundenhilfe tippt noch etwas in den Computer ein und sieht dann hoch zu mir.

«Ja, bitte?»

«Knoblich. Mit Leo.»

Sie tippt die Namen ein. Normalerweise kommt an dieser Stelle immer die Frage nach dem Grund des Besuches. Heute nicht. Sie steht nur wortlos auf, kommt um den Tresen herum und bitte mich mit leiser Stimme ihr zu folgen.

Ich möchte raus hier!

Sie führt uns zu einem Behandlungsraum und sagt, dass gleich jemand kommt. Hinter uns schließt sich die Tür. Leo ist ganz ruhig, sieht sich beinahe gelangweilt um und legt sich dann gequält hin. Ich setze mich neben ihn auf den Boden und lege seinen Kopf auf meinen Schoß. Ich streichele ihn und rede mit ihm, versuche ihn zu beruhigen. Aber er ist ruhig, ich bin derjenige, der total neben der Spur ist. Ab und an hebt Leo den Kopf und sieht mir in die Augen. Ich rede weiter mit ihm, ich weiß gar nicht, was ich sage, ist ja auch egal.

Die Tür geht auf, jemand kommt herein, schließt die Tür. Ich spüre eine Hand auf meiner Schulter. Mir laufen die Tränen die Wange runter und tropfen auf Leo.

Eine Frauenstimme fragt: «Herr Knoblich? Alles in Ordnung?»

Ich nicke und möchte doch schreien: NEIN, NICHTS IST IN ORDNUNG!

«Frau Klein kann leider nicht. Wollen Sie warten oder soll ich das machen?»

Noch länger warten, das schaffe ich nicht, dazu fehlt mir die Kraft. Erst recht für einen zweiten Anlauf an einem anderen Tag. Also nicke ich wieder nur. «Haben Sie so etwas schon einmal mitgemacht?» Ich quäle mir ein ersticktes 'Nein' über die Lippen. Frau ... ich weiß ihren Namen nicht, hat sie ihn genannt? Keine Ahnung. Sie erklärt mir die Vorgehensweise.

«Ich gebe Leo zuerst eine Beruhigungsspritze, danach kommt die eigentliche Spritze. Das ist ein sehr starkes Betäubungsmittel, das gleiche, welches vor einer OP zum Einsatz kommt. Nur hier ist es völlig überdosiert. Leo wird nichts davon spüren. Er schläft ganz schnell ein und dann ist es auch gleich vorüber. Er wird keine Schmerzen oder Angst haben. Wollen Sie draußen warten, bis es vorbei ist, oder wollen Sie bei ihm bleiben?»

Ich drücke Leo ganz fest an mich, er sieht mich stumm an. Weiß er, was kommt? «Ich bleibe.»

Sie sagt noch irgendetwas, ich höre es, verstehe es aber nicht.

Die junge Ärztin holt einen Stauschlauch, blaue Klebebinde und noch ein anders Teil aus den verschiedenen Schubladen. Wortlos legt sie alles neben Leo ab. Oberhalb seiner Ferse rasiert sie ihm das Fell ab. Ganz klar und doch ganz fern registriere ich, dass Leo an der Stelle ganz dunkle Haut hat. Sie sprüht die Stelle mit Desinfektionsmittel ein und legt den Stauschlauch an. Einer Verpackung entnimmt sie etwas und legt damit einen Zugang und fixiert ihn mit der blauen Klebebinde.

«... so weit sind, dann sagen Sie Bescheid oder nicken einfach.»

Es dauert, bis die Worte in mein Bewusstsein vordringen. Ich hole tief Luft und nicke nur. Die Ärztin zieht eine klare Flüssigkeit in eine Spritze auf und injiziert diese in den Zugang.

«Das war das Beruhigungsmittel.»

Ich beginne mich von Leo zu verabschieden: «Tschüss, mein Dicker, es war schön, dass es dich gab, dass du da warst. Ich hoffe, es hat dir bei uns gefallen. Es tut mir leid. Wir hätten dich gern noch länger bei uns gehabt.»

Unaufhörlich streichele ich ihm über den Kopf, die Tränen laufen mir über die Wange, die Nase ist verstopft, der Kloß im Hals wird immer größer.

«Tschüss, mein Kleiner. Machs gut. Du wirst uns fehlen.»

Leo blinzelt, als ich ihm über die Augen streiche.

Die zweite Spritze wird aufgezogen.

‚NEIN, NEIN, NEIN!'

Sie spritzt das Scheißzeug in den Zugang.

Leo liegt ganz ruhig da, sieht einfach nach vorn. In meinem Kopf braust es nur noch. Die Ärztin nimmt nach einer kurzen Weile ihr Stethoskop und horcht Leo ab, steht dann wortlos auf und geht leise raus.

Vorbei.

Leo lebt nicht mehr.

8:26 Uhr.

«Leo, mach doch deine Augen zu», heule ich. «Warum machst du denn deine Augen nicht zu?»

Seine Ohrmuscheln sind ganz weich, ganz entspannt. Er sieht immer noch ganz friedlich nach vorn. Er sieht aus wie immer, als würde er gleich aufstehen und wir zwei gehen zusammen nachhause.

Da liegt er nun, sein Kopf ruht immer noch auf meinem Schoß.

Irgendwann geht die Tür wieder auf, die Ärztin ist zurückgekommen. Sie hockt sich neben uns, legt mir erneut die Hand auf die Schulter.

«Geht's?»

Kein Ton kommt über meine Lippen, keine Kopfbewegung.

«Ich lasse Sie noch eine Weile allein mit Leo, wenn Sie möchten.»

Leise verlässt sie den Raum.

Der blaue Verband an Leos Bein sieht so blöd aus, der Zugang ist noch dran. Draußen auf dem Fenstersims hüpft ein kleiner Vogel rum und sucht Futter, hinten in der Zimmerecke entdecke ich Spinnweben, auf einem zur Seite geschobenen Untersuchungstisch liegt ein leuchtend rotes Tragegestell, meine Hose ist voll mit kurzen Leohaaren, dazwischen dunkle Tränenflecken, rechts von mir liegen achtlos fallen gelassen drei Taschentücher von mir. Die Sonne scheint, ich sehe blauen Himmel. Tanken. Ich muss heute bestimmt tanken, und das bei den Preisen. Das wird ein schöner Tag. Bin ich bescheuert?

Leo, du fehlst!

Erneut wird die Tür geöffnet, Stimmen und Hundegebell dringen zu mir durch. Ich nehme vorsichtig Leos Kopf in die Hände, hebe ihn hoch und lege ihn behutsam auf den Fußbodenfliesen ab. Langsam stehe ich auf.

«Nehmen Sie Leo mit oder bleibt er hier?», fragt mich die Ärztin.

«Er bleibt hier.»

Ich greife nach meiner Jacke und ziehe sie an. Wo ist die Leine, wo hab ich die denn hingelegt. Ach da.

Ein letztes Mal drehe ich mich zu Leo um. Seine Augen sind immer noch offen, warum macht er sie denn nicht zu?

«Tschüss, mein Kleiner. Tschüss.»

Ohne mich von der Ärztin zu verabschieden, verlasse ich den Raum. Genau gegenüber sind Stühle aufgestellt, teilweise von Wartenden besetzt. Davor liegt ein schwarzer Hund. Die dazugehörige Frau sieht mich an. Zweifellos sieht sie, dass ich geheult habe, sieht, dass ich eine nutzlose Leine in der Hand trage.

«Ach herrje, wie traurig.»

Wortlos verlasse ich die Praxis und gehe langsam zum Auto. Ich steige ein, starte den Motor und mache ihn gleich wieder aus.

Fünf Minuten später starte ich den Motor erneut. Diesmal fahre ich los, nachhause. Da angekommen lege ich mich aufs Sofa, und versuche zu schlafen. Das geht natürlich nicht, dazu bin ich viel zu aufgewühlt. Überall im Wohnzimmer liegen noch Haarbüschel von Leo, in der Küche stehen seine beiden Näpfe. In dem einen ist noch Wasser drin, ich schütte es weg, dann wasche ich die Schüsseln ab und bringe sie in den Keller. Den Küchenteppich (den haben wir vor wenigen Wochen dahin gelegt, damit Leo beim Fressen und Trinken nicht wegrutscht) rolle ich zusammen und bringe ihn auch runter in den Keller.

Zwei Stunden später mache ich mich mit dem Auto auf den Weg zu einem guten Kunden. Das Radio bleibt aus, mir steht nicht der Sinn nach Musik. Mein Telefon klingelt. Im Autodisplay sehe ich, dass es Michaela ist, die anruft.

«Na, was machst du? So wie es sich anhört, bist du unterwegs.»

«J-ja ...»

«Was ist denn los?»

«Leo ...»

«Was ist mit Leo?» Michaelas Stimme zittert.

«Leo lebt nicht mehr. Ich ... ich war heute Morgen ...» Ich muss heulen. «Ich war mit ihm beim Arzt. Ich habe es machen lassen und jetzt ist er tot.»

Einen Moment herrscht Stille.

«Du musst jetzt Auto fahren, konzentriere dich da drauf. Fahr vorsichtig. Ich liebe dich.»

«Ich liebe dich auch.»

Am Abend fallen wir uns in die Arme, heulen uns gegenseitig die Schultern nass.

Das Haus ist so still und so leer.

Nachtrag

Die Liebe ist ein Thema, das uns seit Jahrtausenden beschäftigt, und es wird uns auch die nächsten tausend Jahre weiter verfolgen. Einer der schönsten Gedanken in der Liebe ist untrennbar verbunden mit dem Wunsch, gemeinsam alt zu werden, sich nie trennen zu müssen und den Anderen bis zu seinem Ende zu begleiten. Noch einmal aus der Kategorie Liebe ist … das gemeinsame Altwerden.

Gemeinsam alt werden

(Bild & Text Burkhard Thom)

Als wir uns dazu entschlossen, für immer zusammenzubleiben, dachten wir auch oft daran, dass wir „gemeinsam alt werden" wollen.

Schon in den ersten Stunden, wir hatten uns noch nicht einmal aneinander gewöhnt, erlebten wir dieses vertraute Gefühl der Zusammengehörigkeit.

Schon damals dachte ich: «Lass es niemals enden.»

Wir richteten uns gemeinsam ein, jeder suchte sich sein Plätzchen in unserem gemeinsamen Leben.

Du mochtest es immer warm und kuschelig, ich bevorzugte eher das Kühle und schlief lieber bei geöffnetem Fenster.

Du liebtest immer lange Spaziergänge und hörtest mir zu, wenn ich dir die Geschichten aus meinem Beruf oder von meinen Freunden erzählte.

Du warst immer sehr aufmerksam und hieltest dich mit Kommentaren zurück. Du konntest stundenlang in der Sonne liegen und dir die Sonne „auf den Pelz brennen lassen“, ich dagegen bevorzugte den Schatten.
Du hasst das Wasser, fährst aber mit mir gerne an die See, denn du liebst den Strand, das Rauschen der Wellen und den Sound des Windes.
Wenn wir getrennt wurden und wenn es nur für einen Tag war, unsere Wiedersehensfreude war riesengroß und so ist es auch noch heute.
Es gibt wohl kaum einen Tag, an dem wir uns nicht freudig begrüßen. Die Mahlzeiten nehmen wir immer gemeinsam ein, wir gehen zusammen zu Bett und wir stehen gemeinsam auf. Egal, wohin wir auch gehen, wir gehen fast immer gemeinsam, auch jetzt, wo wir beide älter geworden sind.
Ja, grau sind wir beide geworden und etwas rundlich um die Hüften. Das Alter bringt so etwas mit sich, aber wir lieben uns, so wie wir sind. Jetzt bin ich in Rente gegangen und seit einem Jahr verbringen wir noch mehr Zeit miteinander. Jetzt sind wir 24 Stunden zusammen und gehen uns dennoch nicht auf die Nerven. Es ist schön, mit dir alt zu werden, und ich hoffe, dass wir noch viele gemeinsame Jahre haben.

Ach ja, diesmal spreche ich nicht über meine Frau, sondern über meinen Hund!

19 Autoren, 25 Geschichten, ein Ziel
Spaß, Freude und Unterhaltung für einen guten Zweck
Die Autoren stellen sich vor:

Katja Breuer: „Man, ich muss doch noch eine Vita schreiben…!“, hat unser Katja-Mensch gesagt - aber dann waren wir doch wohl wichtiger (wie immer). Also stellen wir, die Tiere aus der Dorfstraße, sie mal vor: Sie meint immer, sie wäre zu alt für so einen Sch…, und weil Alter für uns sowieso keinerlei Bedeutung hat, belassen wir es dabei. Wir, das sind z.Zt. ca. 40 große, kleine, alte und junge Katzen, der Quotenhund bei uns, Belana, und die (Laufenten-)Damen Frau Heckler & Koch und Däumling. Katja arbeitet seit fast 20 Jahren für und mit uns im Tierschutz, und am Gartentor hängt nicht nur ein Schild für die Katzenhilfe Itzehoe e.V., sondern auch eines, das besagt, sie kann uns gesundmachen – als Tierheilpraktikerin.
Wenn sie nicht so einen tollen Mann hätte, der sie in allem unterstützt (und uns auch manchmal füttert), ginge es uns alles hier nicht so prächtig!

Donata Godlewska, im Juni Monat des Krebses (22), Baujahr 1953 in Bytom auf diesem Planeten gelandet. Nach der Ausbildung zur Ballerinenmeisterin sattelte sie mit zwanzig Jahren auf einen pharmazeutischen Beruf um. Von dieser Zeit an begleiteten Hunde ihren Weg. Mit fünf Kindern ging es von Köln aus in die Eifel und es folgten Scheidung, neue Berufsausbildung (Karatetrainerin) und eine neue Liebe. Ein

Schäfer eroberte das Herz und zehn Jahre Familienbetrieb formten das Leben und die Liebe zu Bienchen, der Hauptprotagonistin. Heute lebt sie in Münster bei ihren Kindern und das „Bienchen“ ist mitgekommen.

Steffi Goldkuhle (46 Jahre) aus Koblenz – Gastautorin bei Iss´n Ruede

Ingrid "wandklex" Heuser, geb. 1965 im Sternzeichen Schokohase, ist freischaffende Kunstmalerin. Sie erstellt freie und auftragsbezogene Malerei von abstrakter Kunst über Landschaft bis Tierporträt. Mehr über sie und ihr Schaffen gibt´s z. B. unter: http://www.wandklex.de. In ihrer Freizeit ist sie Ghostwriterin für die Erlebnisse ihrer Bordercolliedame *Malaika* und schreibt darüber auf Twitter und bei „Iss´n Ruede“.

Mandy Kämpf, Jahrgang 1977, ist seit ihrer Geburt und mit ganzem Herzen Leipzigerin. Ihre Zuneigung für Literatur entdeckte sie schon sehr früh. Im zarten Alter von sechs Jahren las Mandy die ersten Märchen selbst und später schrieb sie kleine Geschichten für Kinder. Neben ihrer beruflichen Laufbahn im Vertrieb und Training schreibt sie Kriminalkurzgeschichten, die bereits in Anthologien veröffentlicht wurden, und führt erfolgreich einen Blog über ihren Hund und seine Abenteuer.

Horst Knoblich, so heiße ich seit meiner Geburt. Das war im März `57. Seitdem sind zwei Boxer und ein Amerikanisch Canadischer Schäferhund durch mein Leben getrottet - etliche andere Haustiere gleich mit. Seit März 2015 bespaße ich unseren 'neuen' weißen Schäfer Louis (oder er mich). Wie ich zum Schreiben gekommen bin? Als Auftragsarbeit sollte ich ein Reisetagebuch nach Erzählungen niederschreiben. Der Beginn einer Leidenschaft, der ich nunmehr seit über fünfundzwanzig Jahren nachgehe. Später schrieb ich Kurzgeschichten über unserem Hund Leo und was mir sonst noch in den Sinn kam und übernahm schließlich das Amt des Pressewartes mit monatlicher Kolumne in unserem Verein.

Christiane Lövenich, geb. am 14. Februar 1977, gesegnet mit zwei tollen Kindern, einem liebenswerten Ehemann und Jack Russel Felix.
Motivatorin und Managerin eines kleinen Familienunternehmens mit Herz, die ihr Leben trotz aller Schicksalsschläge genießt und versucht die Mitmenschen mit ihrer positiven Einstellung und Fröhlichkeit mitzunehmen und zu motivieren.
Meine Freizeit genieße ich mit meinem Fellmonster so oft wie möglich in der Natur, um Ruhe und Kraft zu tanken.

Antonietta Matteo, Neuanfänge …
Beziehung, Heirat, Kinder. Scheidung, zeitgleich der Wiedereinstieg ins Berufsleben. Nochmal heiraten, arbeiten, erst Teilzeit, dann Vollzeit. War's das? Die Antwort darauf lautet eindeutig NEIN!
Überlegungen, wie schon so oft vorher ohne Erfolg, was du in Zukunft machen willst. Dann die Idee und der nächste Schritt ist 2015, dann die endgültige Kündigung, im Oktober

Beginn der Ausbildung zum Hundetrainer, der Abschluss im August 2016 mit der Sachkundeprüfung vor unserem Veterinäramt.
Start in den neuen Beruf im Herbst 2016 und mit dem ersten eigenen Hund entstehen auch die Hundegeschichten, die aufgeschrieben werden wollen.

Yvonne Mohr – Ich bin Mutter von zwei Töchtern (sechs und elf Jahre) und Halterin von zwei Hündinnen. Nach zwanzig Jahren Erfahrung mit eigenen Hunden sowie meiner Arbeit für verschiedene Tierschutzorganisationen habe ich mich auf die Arbeit mit Hunden und Kindern spezialisiert. Hierzu habe ich eine Ausbildung zur Hundetrainerin / Hundeverhaltenstherapeutin absolviert. Durch diverse Praktika bei verschiedenen Hundetrainern und Hundeschulen und den Besuchen von Seminaren und Vorträgen, habe ich mein Fachwissen rund um den Hund vertiefen können. Außerdem habe ich über mehrere Monate einen Abendkurs im Bereich Pädagogik besucht sowie eine mehrmonatige Trainerweiterbildung zum Thema Hund und Kind gemacht. Fehlt nur noch der Hinweis auf meine Liebe zum Schreiben, u. a. als Gastautor von „Issn 'Rüde".

Paul Neuenhofer, geboren 1954 in Wesel, seit 1979 verheiratet und jetzt in Rente. War jahrelang in der Jugendarbeit tätig. Zuletzt als Ausbildungsberater in Wiesbaden. Mein erster Hund war ein Schäferhund und dann kamen wir auf den *Bouvier des Flandres*. Unser Aaron ist nun unser dritter Bouvier. Nach dem wir zwei Hündinnen hatten, Mutter und Tochter, haben wir uns von Aaron einwickeln lassen.

Petra Nier, Jahrgang 1970, Biologin, Anglistin, Pädagogin, Kauffrau, Trainerin - heute im Projektmanagement tätig. In einem recht unkonventionellen Leben begleitet von eigenen Hunden seit 1980, wurde ich Anfang der 90er zur Hund-Mensch-Team-Trainerin, um die Bewegung zur artgerechten Erziehung zu fördern. Dabei machte ich die Trainerlizenzen (BH und Agility), etabliertes angepasstes Training an Alter und Kondition, bildete Rettungshunde aus und bot Familienhund-Training an. Verhalten zu beobachten, zu analysieren und für Halter verständlich zu machen, wurde zu meinem wichtigsten Hobby. Daraus ergab sich der Wunsch nach dem Biologiestudium, welches ich mit einer eigenen Versuchsreihe über Lösungsverhalten bei Caniden abschloss. Parallel beschäftige ich mich mit Medizin, Homöopathie und Physiologie, um Mensch oder Hund bei Bedarf zu unterstützen. Heute begleiten mich zwei tschechoslowakische Wolfshunde.

Jasmin Sachse, geboren 1991, wäre als Hund schon lange tot. Aktuell studiert sie Germanistik und tobt sich in ihrer Freizeit an ihrem Blog „Der fantastische Bud" aus. Wenn sie nicht gerade über Dackel redet, schreibt, sie, fotografiert oder sie malt, verbringt sie die Zeit mit ihren Dackeln. Die Dackel heißen Bud und Arya Lucy vom Haselbach und wurden im September 2014 geboren und spielen die Hauptrollen in den

Geschichten ihres Frauchens. Buddy ist bekannt als ein fantastischer Superschurke, der sich am liebsten als Hobbybauingenieur dem Löcherbuddeln widmet. Lucy ist eine kleine Prinzessin und weiß genau, wie man den Dackelblick richtig einsetzt.

-

Herta Sartour (Jahrgang 1960) war früher als Korrespondentin, Lektorin, Korrektorin und Artikelschreiberin tätig, war lange Zeit in der örtlichen Literaturszene aktiv, schreibt sozialkritische Kurzgeschichten und ironische Gedichte (div. Veröffentlichungen).
Nach dem Tod ihrer treuen vierbeinigen Freundin entschied sie sich vor zweieinhalb Jahren erneut für einen Schäferhundmischling von Gran Canaria, erwischte einen äußerst wilden und gar nicht sozialisierten Rüden von damals knapp zwei Jahren, der sich also im besten Flegelalter befand.
Seitdem widmet sie sich mit großer Hingabe seiner Erziehung und hält lustige Erlebnisse mit ihm, Erfolge, vor allem aber auch die Rückschläge und Misserfolge in einem fast täglich erscheinenden Blog fest.

Alexandra Schejok – Gastautorin bei „Issn ′Rüde"

Jasmin Schmitz – Gastautorin bei „Issn ′Rüde"

Silke Schön ist eigentlich Industriefachwirtin, jetzt aber Online-Redakteurin / Social Media Manager für verschiedene eigene und Kunden-Portale. Zudem ist sie zweifache Mutter (nur Jungs!) und hat mit Roxi ihren dritten Angsthund aus dem Tierschutz. Schreiben ist ihre Leidenschaft, für die wie immer zu wenig Zeit bleibt. Seit Juli 2016 stellt sie ihr Leben rasant um, erreicht ihr Wunschgewicht und vertreibt frische Naturkosmetik.

Katrin Thiele lebt mit ihrer Familie ländlich in der Nähe von Hamburg.
Sie ist ausgebildete Tierheilpraktikerin und Tierhomöopathin. Wenn sie nicht gerade Tiere behandelt, sich um die eigenen beiden Hunde kümmert oder sich im Tierschutz engagiert, schreibt sie leidenschaftlich gerne. Kriminelles, aber nicht nur. Bislang sind drei Kurzgeschichten von ihr in Anthologien veröffentlicht sowie ein Lyrik-Beitrag.

Burkhard Thom, seit Juli 2015 in Rente, vertreibt seine „Langeweile“ mit Frau, Hund und Enkeln. Die verbleibende Freizeit verbringt er vor dem PC, verfasst Artikel für seinen Blog (http://www.Doggybag-Bergheim.de), „bastelt“ an Buchideen (wie diesem hier) oder wirbt für seinen Ratgeber „Alkohol – Die Gefahr lauert überall!“

Sara Vucica, Jahrgang 1979, im Jahr 2005 wechselte meine berufliche Orientierung als Bauzeichnerin und ich verschrieb mich dem Training für Menschen mit Hunden. Im Jahr 2008 beendete ich mein laufendes Architekturstudium und arbeite seitdem hauptberuflich als Hundeerzieherin und Verhaltensberaterin IHK | BHV mit eigener Hundeschule in Moers. Mein eigener Hund Herr Sams schenkte mir bis April 2016 seine Gesellschaft und viele tolle Geschichten und Momente.

Bibliografische Information der Deutschen Nationalbibliothek: Die Deutsche Nationalbibliothek verzeichnet diese Publikation in der Deutschen Nationalbibliografie; detaillierte bibliografische Daten sind im Internet über dnb.d-nb.de abrufbar.